Gurrletta Steinhöfl

Gurrletta Steinhöfl

Geschichten aus dem abenteuerlichen Alltag einer
Regensburger Stadttaube

von

Rolf Stemmle

1. Auflage, 2023

© 2023 Rolf Stemmle Alle Rechte vorbehalten.

Herstellung und Verlag:

BoD – Books on Demand,

Norderstedt

info@bod.de

www.bod.de

ISBN: 978-3-734784-51-4

Titelbild:

Susanna Harhausen

Covergestaltung:

Laura Kopold: www.fotografie-lako.de

Der Kunstmaler

Die Weihnachtszeit mit den unzähligen weggeworfenen Knackersemmelresten auf den Christkindlmärkten war vorüber, der karge Januar hatte begonnen. Gurrletta Steinhöfl lebte lange genug im Herzen der Regensburger Altstadt, um ausreichend Plätze zu kennen, an denen es unabhängig von der Jahreszeit Futter gab. Sie hatte daher keinen Grund, schlechter Laune zu sein. Als sie vom Mittagsschlaf erwacht war, plante sie den weiteren Tages-ablauf. Sie wollte nach Körperpflege und Hausarbeit ausfliegen und ausgiebig zu Abend essen.

Während sie ihr graues Gefieder putzte, bis sie der Meinung war, es glänze silbrig wie Tafelbesteck, gurrte sie die Arie der Violetta aus dem ersten Aufzug von ‚La Traviata‘.

Gurrletta Steinhöfls Mutter, Renata Scottini, war in Verona eine berühmte Sängerin gewesen. Aus Unachtsamkeit wurde sie in einem Lieferwagen mit Weinflaschen eingeschlossen und geriet durch diesen unglücklichen Umstand nach Regensburg, wo sie wenig später den Sportflieger Ludwig Steinhöfl heiratete. In seiner besten Zeit soll er sogar Berlin besucht und im Garten von Schloss Bellevue den Bundespräsidenten getroffen haben.

Um Bezug zu ihren italienischen Vorfahren zu halten, bewohnte Gurrletta die Kammer im Dach des Goldenen Turms in der Wahlenstraße. Von diesen Geschlechtertürmen gibt es in Regensburg jede Menge. Als Einflug benutzte sie die Luke auf der Nordseite. Die Fensterscheibe war irgendwann aus dem Rahmen gefallen.

Beim Gefiederputzen warf sie einen Blick nach draußen. Und was sah sie? Die Dachwohnung des Hauses auf der gegenüberliegenden Gassenseite war mit einer kleinen Terrasse ausgestattet, eingezwängt zwischen den Wänden und Dächern der Nachbarhäuser; und auf dieser Terrasse saß ein Kunstmaler vor einer Staffelei. Er hatte sich dick eingepackt, denn es herrschte Minustemperatur. Dass eine düstere Stimmung über den Fassaden und Dachflächen lag, schien ihn nicht zu stören. Vielleicht regte ihn gerade diese Farbwirkung ja an.

Gurrletta kannte den Maler nicht. Offenbar war er erst kürzlich eingezogen. „Sicher kann ein ansprechendes Motiv in dieser öden Steinlandschaft nicht schaden", dachte Gurrletta. Rasch wickelte sie ihr dunkelgrünes Tuch um den Kopf und sprang zum Giebel unterhalb ihres Turms. Die Dachflächen waren mit Schnee bedeckt. Nicht sehr üppig, doch üppig genug, um sogar auf dem Giebel fast bis zur Brust im eisigen Weiß zu stehen. Tapfer schob Gurrletta den Kopf so weit wie möglich nach oben und hielt sich unbewegt. Modelle müssen ausharren können! Das hatte neulich eine Bekannte erzählt, die sich gelegentlich von einer Tierzeichnerin porträtieren ließ. Der Nachmittagshimmel über Regensburg war taubenleer. Kein Wunder bei dieser Kälte. Die anderen hockten jetzt bestimmt in ihren Verschlägen oder wärmten ihre Unterseiten auf Lüftungsschächten; oder sie waren in die Bahnhofshalle geflogen. Aber Gurrletta wollte durchhalten. Schließlich bot sich nicht jeden Tag die Chance, verewigt zu werden.

Immer wieder lugte sie nach dem Maler. Er brauchte lang für das Bild, unangenehm lang.

Endlich trat eine junge Frau auf die Terrasse. Der Maler unterbrach die Arbeit und ging mit ihr ins Haus.

Gurrletta sah darin eine willkommene Gelegenheit, sich mit Herumfliegen aufzuwärmen und dabei einen Blick auf das Bild zu werfen. Sie flatterte also hinüber zur Terrasse und landete auf der Gaube eines Nachbarhauses. Von hier aus konnte sie das Bild betrachten.

Sie war entsetzt! Ja, das Gemälde zeigte eine Taube. Diese saß jedoch fernab der Bildmitte auf einer Turmspitze, einer Kreuzblume; so weit oben, dass der Kopf nur noch zur Hälfte auf die Leinwand passte. Sie wirkte leblos, wie versteinert. Ihr wunderschönes dunkelgrünes Kopftuch hatte der Maler ignoriert! Die Turmspitze gehörte offenbar zu einem der beiden Domtürme, die der Maler von hieraus gar nicht sehen konnte. Das Bild war aus einer Perspektive gemalt, als sei der Künstler selbst eine Taube! Offenbar nahm er die sogenannte ‚künstlerische Freiheit' in Anspruch!

Gurrletta fand den Maler anmaßend und das Bild scheußlich!

Wütend startete sie los und nahm Position senkrecht über der Staffelei. Sie wackelte mit dem Schwanz, um ihr Hinterteil zu lockern.

„He, Gurrletta, pass auf! Da steht ein Bild!", hörte sie es plötzlich rufen. Gurrletta blickte nach unten. Der Schlamminger Fred hockte auf einem Schornstein.

Der Schlamminger Fred gehörte zur sogenannten Hafensippschaft, die sich in den Augen Gurrlettas abseits jeder

Esskultur ernährte. Die Hafentauben fraßen jeden Dreck in sich hinein, der auf den Donauschiffen herumlag. Gurrletta hingegen kannte die Stelle, an die beim Bischofshof die Tischkrümel gekippt wurden. Sie speiste also mitunter das, was der Bischof für sie übriggelassen hatte. Gurrletta konnte sich auch nicht erinnern, mit dem Schlamminger Fred auf „Du" zu sein.

„Des Bild wird einmal einen Haufen wert", fügte der Schlamminger Fred hinzu.

„Was der daherredet!", dachte Gurrletta. Doch sie war neugierig geworden und landete auf dem Schornstein; so weit vom Schlamminger entfernt, dass sie ihn nicht riechen musste.

„Woher wollen denn Sie das wissen?"

„Weil meine Cousine, die Margit, in einem Haus wohnt, wo unten Bilder verkauft werden." Dabei kaute er auf einem dunklen Strohhalm herum. Gurrletta wollte gar nicht wissen, wo er den hergezogen hatte. „Und da werden auch die Bilder von dem Maler da verkauft. Und gar nicht schlecht, sagt die Margit."

„Aha!", bemerkte Gurrletta skeptisch.

„Gut, die Taube da auf dem Bild wirkt ziemlich blöd. Eher wie ein Blitzableiter. Aber der Maler wird sich bestimmt was gedacht haben, was wir zwei gar nicht beurteilen können."

Jetzt hatte Gurrletta genug vom Schlamminger Fred. Mit seinem Kunstsachverstand wollte sie den ihrigen nicht in einen Topf geworfen wissen.

„Oh!", jubelte der Schlamminger. Gerade war einem Mann unten in der Gasse ein Stück von einer Leberkas-

Semmel zu Boden gefallen. „Noch einen schönen Tag, Gurrletta!", rief der Schlamminger und stürzte sich hinab zur Semmel.

„So ein Gimpel!", sprach Gurrletta zu sich selbst. Dann flog sie hinauf zur Zinne ihres Patrizierturms.

Dort saß inzwischen die Nachbarin, Frau Seibel.

„Und? Weiß der Schlamminger Fred was Neues vom Hafen?", fragte sie abschätzig.

„Er hat mich auf dem Bild bewundert, das der Maler von mir angefertigt hat."

Frau Seibel staunte: „Ja, sowas!"

Gurrletta ergänzte: „Der ist auf dem Weg zur Berühmtheit!"

Frau Seibel packte die Neugier. Sie flatterte auf, drehte eine Runde um die Staffelei und kam zurück auf die Zinne. „Sie sitzen ja nur weit oben links!", stellte sie fest.

„Aber auf der Kreuzblume eines Domturms! Und kraftvoll wie ein Blitzableiter! Ich bin Teil eines künstlerischen Ausdrucks geworden!"

„Ja, die Kunst geht selten einen geraden Weg. Insgesamt wirklich ein schönes Bild!", sprach Frau Seibel. „Das verkauft sich garantiert sehr gut!"

„Garantiert!", bestätigte Gurrletta Steinhöfl.

Sie hatte nun das Gefühl, etwas Wundervolles erlebt und der Kunst einen großen Dienst erwiesen zu haben. Aber jetzt war es Zeit, hinüber zum Bischofshof zu fliegen. Zu dieser Stunde wurden die Tischtücher mit den Kuchenkrümeln im Hof ausgeschüttelt. Sie verabschiedete sich von Frau Seibel, erneuerte den Knoten ihres dunkelgrünen Kopftuchs und startete los.

Faschingsabsturz

Als junge Taube hatte Gurrletta den Fasching uneingeschränkt genossen. Sie zog damals mit einem gewissen
Hans über die Dächer. Doch er war eine schwer greifbare
Persönlichkeit aus der Stadtparkgegend. Meist wirkte er
fröhlich, hatte tausend Ideen im Kopf; dann aber ließ er sich
über Tage hinweg nicht blicken, bis er sich schließlich ohne
Erklärung aus Gurrlettas Leben gestohlen hatte. Sie war erleichtert, mit ihm keine Familie gegründet zu haben, denn
sie wäre wohl irgendwann mit der Brut alleine gewesen.
Für die Faschingstage, damals, war Hans allerdings zu
einem stabilen und zuverlässigen Partner aufgeblüht. Jeden
Abend wusste er von einer grellen Party. Gurrletta fand
kaum Zeit, ihr aufreizendes, schillerndes Aida-Kostüm zwi-
schendurch zu waschen oder lose Teile festzunähen.

Inzwischen dachte Gurrletta anders über den Fasching.
Sie bereute es keinesfalls, in ihrer Jugend so ausgiebig gefeiert zu haben, doch sie bezweifelte inzwischen, dass sich
Tauben, die ja ohnehin so nahe an den Menschen leben,
derart angleichen sollten. Wäre es nicht besser, die tierische
Eigenständigkeit, den tierischen Stolz zu bewahren? Da sie
die Musik von Verdi und Rossini vergötterte und im Winter
ein grünes Kopftuch, im Sommer einen roten Sonnenhut
trug, war sie ein schlechtes Beispiel für Authentizität. Das
wusste sie natürlich. Ihre Vorbehalte gegen den Fasching
resultierten daher im Grunde aus etwas anderem, auch das

wusste sie; aus der Verachtung nämlich für die betrunkenen Maskierten, die grölend und randalierend durch die Gassen polterten. Noch in den frühen Morgenstunden drang ihr Lärmen bis hinauf in ihre Kammer.

„Niemals!", lautete folglich ihre Reaktion, nachdem ihre Schwägerin Agnes gefragt hatte, ob sie zu einem Hausfasching mitkommen wolle.

Gurrlettas Bruder Jakob war mit einem Ede befreundet, der einen großräumigen Speicher Unter den Schwibbögen bewohnte. In der Kneipe, die im Erdgeschoss des sanierungsbedürftigen Gebäudes betrieben wurde, wüteten häufig Technopartys. Jetzt zur Faschingszeit Abend für Abend. Die Situation im Haus, so hatte Agnes erzählt, sei daher so unerträglich, dass Ede aus der Not eine Tugend machen und mit einem eigenen Hausfasching dagegenhalten wolle. Zusätzliche Gäste seien erwünscht. Dabei hätten sie, Jakob und Agnes, an sie, Gurrletta, gedacht.

Agnes ließ die Zurückweisung der Einladung nicht gelten und lockte die Schwägerin mit dem Hinweis, es kämen zweifelsohne viele nette und anständige Leute. „Außerdem", so Agnes, „würde dir etwas Gesellschaft und Spaß nicht schaden!"

Die Furcht, an diesem Abend tatsächlich trübsinnig zuhause zu hocken, bewog Gurrletta schließlich, Bereitschaft zu signalisieren.

Das genügte Agnes. „Wir holen dich ab!", japste sie und flog davon.

Ede und seine Frau hatten sich unglaubliche Mühe gegeben, aus der modrigen Dachhalle mit den zerschlagenen Fensterscheiben, brüchigen Schindeln und staubigen Spinnwebflächen einen stimmungsvollen Partyraum zu zaubern. Starposter aus Zeitschriften klebten an den Wänden, von den Balken hingen bunte Einkaufstüten, der Boden war belegt mit einem Meer von Bierdeckeln. Vom untersten Stockwerk, durch die Mittelgeschosse hindurch, drangen mechanisch stampfende Rhythmen. Sie kamen so kräftig hier an, dass die Bierdeckel vibrierten.

Die Musik schlug schmerzend in Gurrlettas Gesicht, als sie mit Agnes und Jakob den Partyraum erreichte. Kein Vergleich mit den italienischen Opernarien! Doch die weiteren Gäste gefielen Gurrletta. Auch der Gastgeber und seine Familie erwiesen sich als sympathische und herzensgute Artgenossen.

„Wenn man in einem solchen Haus wohnt", dachte Gurrletta, „muss man es schaffen, sich auf derartige Absonderungen der Menschen einzustellen." Gurrletta wäre das aber niemals gelungen! Aber es gab ja auch Tauben mit anders gespannter Geschmacks- und Toleranzbreite, die man respektieren und mögen konnte.

Gurrlettas Kostüm war so ungewöhnlich, dass niemand ihre Figur erriet. Sie ging als Lady Macbeth; angeregt durch Verdis Shakespeare-Vertonung. Sie wollte sich nicht lächerlich machen, wie dies mit einer mädchenhaften Aida-Kostümierung unweigerlich passiert wäre, und hatte sich daher für die Figur der machtbesessenen, schottischen Aristokratin aus dem 11. Jahrhundert entschieden. Ihr Kostüm bestand aus einem Stoffrest, der grün-schwarz schimmerte wie eine ölige Regenpfütze. Das Stück hatte sie aus einer Altkleiderbox zerren und zurechtreißen können. Außerdem trug sie eine Kinderkette sowie als Krone den goldfarbigen Verschluss einer Pfandflasche. Die Verkleidung kam großartig an. Sie wurde häufig mit Begeisterung darauf angesprochen, weshalb sie sich rasch integriert fühlte.

Entgegen ihrem Vorsatz fand sie sich auch bald auf dem Tanzparkett wieder. Etwa dreißig Tauben unterschiedlichen Alters flatterten hier im Rhythmus der Musik. Natürlich rutschte ihre Pfandflaschenkrone in kurzen Abständen vom Kopf. Doch das führte nur zu Heiterkeit bei ihr und den anderen.

Insbesondere bei einem flotten Taubenmann, im Kostüm eines Piraten. Er begann, sich auffällig um Gurrletta zu bemühen, und verfolgte sie zum Buffet.

In einer günstigen Nachmittagsstunde, als niemand in der Kneipe arbeitete, hatte der Gastgeber Ede jede Menge Köstlichkeiten heraufbringen können. Die Beute war nun appetitlich auf der Plastiktüte eines Feinkostgeschäftes angerichtet. An der Ecke, an der Gurrletta und der Pirat im Gedränge an das Futter herankamen, lagen Kirschen, die, wie Gurrletta erst beim Picken bemerkte, in Sherry gebadet worden waren. Obwohl sie gerade deshalb herrlich schmeckten, wollte sie sofort davon lassen, aber der Pirat animierte sie zum Weiterpicken. Da er ebenfalls reichlich genoss, stieg die Stimmung der beiden unablässig.

Nach der hochprozentigen Kost drängte sie ihr Kavalier zurück auf die Tanzfläche. Bis weit über Mitternacht hinaus sprangen sie ausgelassen umher – der Pirat und Gurrletta, die Faschingsskeptikerin.

Irgendwann brach der Pirat erschöpft zusammen. Ohne sich von seiner Partyflamme verabschieden zu können, verzog er sich unter eine alte Kommode, wo er einschlief. Sollte er den Vorsatz gehabt haben, Gurrletta für diese Nacht zu erobern, so war er Opfer seiner Selbstüberschätzung geworden.

Gurrletta war enttäuscht und zugleich erleichtert über das plötzliche Ende des Flirts. Sie merkte jetzt, dass sie sich in ihrem Zustand keine Gedanken über den möglichen Fortgang der Geschichte gemacht hatte. Sein Wegpennen ersparte es ihr, eine Zurückweisung aussprechen zu müssen oder gar eine Dummheit zu begehen. Letzteres hätte sie sich gewiss niemals verziehen!

Es war Zeit, nachhause zu fliegen. Sie verabschiedete sich mit stolpernden Worten von den Gastgebern sowie Jakob und Agnes. Sie plauderten gerade bei einem Apfelstück in einer Nische. Dann hüpfte Gurrletta nach draußen, auf die Regenrinne.

Die Gasse unter ihr schien zu schwanken wie ein Segelboot bei hohem Wellengang. „Ich muss es schaffen!" Sie kippte vornüber, in der Hoffnung, die Flügel würden sie automatisch in die Luft heben. Doch sie gebärdeten sich wie dumme Kinder, die an ihren Seiten Albernheiten veranstalteten. So stürzte Gurrletta wie ein Stein in die Häuserschlucht. Im Schreck brachte sie ihre Flügel kurzzeitig unter Kontrolle, sodass sie unbeschadet am Pflaster aufsetzen konnte. Sie saß nun unmittelbar bei der Porta Praetoria, dem Rest der römischen Lagermauer, und ordnete verwirrt ihre Federn.

Erst nach einiger Zeit erkannte sie die Bedrohungslage, in die sie geraten war: Stadtauswärts kamen nämlich zwei Männer. Sie steckten in sonderbaren Kostümen. Offenbar stellten sie Krieger dar, denn sie trugen Lanzen und beschirmten sich mit Schilden. Diese waren furchterregend dekoriert mit roten Augen. Die Menschen schienen stark angetrunken und streitsüchtig zu sein. Tatsächlich richteten sie plötzlich ihre Waffen gegen Gurrletta, als gehöre sie zu ihren Feinden. „Hehe!", lachten sie dabei. „Die machen wir nieder!"

Glücklicherweise war Gurrletta nur einen halben Meter neben einem Auto gelandet. Es parkte, gewiss ordnungswidrig, halb auf dem Bürgersteig. Ein Adrenalinschub bewirkte, dass ihre Flügel für einen Moment gehorchten. So gelang es ihr, mit heftigem Flattern unter den Wagen zu flüchten.

Die Krieger hatten sich in den Wahn verbissen, die Vernichtung Gurrlettas sei dringend erforderlich. Also knieten sie sich vor den Wagen und begannen, mit ihren Lanzen ins Dunkle zu stochern.

Gurrletta drückte sich an einen Reifen, sodass sie die Attacken verfehlten. Aber wie lange?

„Da sind Orks!", brüllte es plötzlich aus der Ferne.

Sofort zogen die Krieger die Lanzen zurück und sprangen auf. Gurrletta konnte Männerbeine erkennen, die aus dem Torbogen der Porta Praetoria rannten.

„Wir sind Elben! – Ergebt euch!", riefen die Neuen weiter.

„Elben!", schrien die Krieger.

Es folgte ein Toben und Schlagen. Gurrletta konnte nur mutmaßen, welcher Kampf neben dem Auto geführt wurde. Natürlich hoffte sie, die Krieger, also die „Orks", würden unterliegen. Doch die „Elben" mussten gesehen haben, dass die „Orks" auf Beutejagd gewesen waren. Das wurde Gurrletta mit Grauen bewusst. Womöglich sahen sie ja in ihr ebenfalls ein Geschöpf, das vernichtet werden musste. Die „Elben" siegten schließlich, und die „Orks" flüchteten nach Osten, Richtung Haus der Bayerischen Geschichte. Gurrlettas Herz klopfte inzwischen so heftig, dass sie glaubte, das Auto über ihr würde mitzittern. War jetzt die Gefahr vorüber? Oder trachteten nun tatsächlich die „Elben" nach ihrem Leben?

Einer der „Elben" ging vor dem Wagen zu Boden und seine Hand fuhr unmittelbar neben Gurrletta ins Dunkle.

Gurrletta schloss die Augen. Ihre Müdigkeit und Angst hatten sie inzwischen so ausgeleert, dass sie ihr Schicksal akzeptieren wollte, egal, welchen Verlauf es nehmen würde.

Die Hand erreichte sie und fasste nach ihr, sie wurde in das Gassenlicht geholt. Erst jetzt blickte sie auf den Unbekannten. Ein junger Mann erforschte ihren Zustand. Er wirkte vernebelt, aber sanftmütig.

„Eine Friedenstaube!", sprach er schließlich feierlich. Mit einem kräftigen Schwung warf er Gurrletta in die Höhe. „Flieg! Bring uns den Frieden!", rief er noch mit pathetischem Gestus.

Mehr konnte Gurrletta nicht verstehen, denn die Entfernung vom Boden wurde größer. Ihre Flügel hatten mit eigenständigen Bewegungen begonnen; sie verrichteten zuverlässig ihren Dienst, dachten nicht an Albernheiten und trugen sie bis zur Einflugluke ihres Patrizierturms. Ohne Innehalten plumpste sie in ihr Nest.

„Manche können einfach das Maß nicht halten! Menschen!" Diese Überlegung brachte sie noch zustande. „Ach, man kann mit ihnen auskommen, aber das Maßhalten ist ihr Problem. Und wenn sie das Maß verloren haben, werden sie zu Bestien. Maßhalten, das können wir Tiere besser ... meistens ..."

Weiteres konnte sie nicht denken. Sie sank in tiefen Schlaf.

Der unverschämte Walter Sack

Um sich Abwechslung zu verschaffen, war Gurrletta den halben Nachmittag im Bahnhofsgelände herumgeflogen und hatte die Reisenden und die Züge beobachtet. Sie liebte die poetische, ja philosophische Atmosphäre des Ankommens und Abschiednehmens.

Inzwischen war sie auf dem Weg in die Innenstadt. Es wurde Zeit für das Abendessen im Bischofshof.

Bei einer Verschnaufpause auf der Mauer des märchenhaften Gartens von Schloss Thurn und Taxis bemerkte sie Herrn Mamminger. Er war bereits im vorgerückten Alter, und so freute sich Gurrletta, dass er den langen Winter gesund überstanden hatte. Soeben saß er auf dem Sockel einer Brunnenfigur. Im Schnabel trug er einen erstaunlich dicken Regenwurm, den er hier offenbar in aller Ruhe verspeisen wollte.

„Guten Appetit, Herr Mamminger!", rief ihm Gurrletta zu.

„Dankeschön, Frau Steinhöfl", grüßte er zurück, nachdem er seine Speise auf dem Stein abgelegt hatte. „Drüben bei den Eichen sind schon die ersten Regenwürmer aufgetaut. Da ist den ganzen Tag Sonne."

„Ja, wird Zeit, dass der Frühling kommt."

„Holen Sie sich doch auch einen!"

„Danke. Ich bin verabredet", log Gurrletta. Sie wollte ihn nicht enttäuschen, denn sie mochte keine Regenwürmer.

Plötzlich stürmte ein wuchtiger Täuberich heran und warf sich auf das Abendessen von Herrn Mamminger. Er musste im Schatten einer Buche gelauert haben.

„Passen Sie auf!", schrie Gurrletta.

Herrn Mamminger gelang es, dem Angreifer mit dem rechten Flügel über den Schädel zu wischen, sodass er samt Regenwurm vom Sockel kippte und am Boden landete. Noch bevor er sich sammeln konnte, erreichte Gurrletta den Brunnen. Die Wut hatte sie kräftig gemacht, und so zerrte sie die Beute mit einem Ruck aus dem Schnabel des Räubers. Der Wurm klatschte vor die Füße von Herrn Mamminger. Dieser sprang sofort darauf, um ihn sicherzustellen.

Gurrletta erkannte den schwergewichtigen Täuberich. Er hieß Walter Sack und galt in der Taubengesellschaft als undurchsichtige Erscheinung.

„Das ist meiner!", kreischte er zornig. Einen erneuten Angriff wagte er nicht. Gurrletta und Herr Mamminger bildeten eine wehrhafte Mauer.

„Wieso sollte der Ihnen gehören?", fauchte Herr Mamminger zurück.

„Weil Sie ihn mir gestohlen haben!"

Herr Mamminger schüttelte aufgebracht und ratlos den Kopf. „Das habe ich doch gar nicht nötig! Ich weiß, wo es jede Menge gibt!"

„Ich will meinen Regenwurm zurück!"

Gurrletta stutzte. Sie hegte keinen Augenblick Zweifel an der Lauterkeit von Herrn Mamminger, doch die Vehemenz, mit der Walter Sack an seiner Version festhielt, interessierte sie plötzlich. „Wieso behaupten Sie sowas?", wollte sie wissen.

Walter Sack guckte. Mit dieser Fragestellung hatte er nicht gerechnet. Er empfand sie offenbar als Angriff, weshalb er nun wütend schrie: „Das ist eine Unverschämtheit!"

Herr Mamminger hielt dagegen. „Unverschämtheit? *Sie* sind unverschämt!"

Gurrletta wusste, mit Streit kam man hier nicht weiter. Sie tappte einige Schritte auf den riesigen Kerl zu und sah tief in seine Augen; als wollte sie ihn hypnotisieren: „Wieso behaupten Sie das?"

Walter Sack wurde unsicher: „Er hat gestern auch schon einen Regenwurm gegessen!"

„Ich verbitte mir, dass Sie mir nachspionieren!", schimpfte Herr Mamminger.

Gurrletta fragte eindringlich: „Darf er das nicht?"

„Natürlich – aber nicht meinen!"

Das Wort „meinen" klang jetzt kläglich. Offenbar zog er es inzwischen selbst in Zweifel.

Die Unsicherheit griff Gurrletta auf: „‚Meinen'? Wirklich ‚meinen'?"

Walter Sack kreischte: „Immer hat er alles!"

„Was soll ich haben?", rief Herr Mamminger entrüstet.

„Die Wahrnehmung ist etwas sehr Subjektives. Sie hängt von vielen Einflussfaktoren ab", sprach Gurrletta zu Walter Sack mit gezieltem Vorwurf.

„Was soll ich alles haben?", wiederholte Herr Mamminger böse.

„Na, zum Beispiel ..."

„Was?"

„Zum Beispiel haben Sie eine Herrenarmbanduhr gestohlen!"

Herr Mamminger war baff: „Eine was?"

„Eine wunderschöne, tolle Herrenarmbanduhr."

„Wie bitte?"

Gurrletta ging dazwischen: „Wo soll die sein?"

„Na, in seinem Nest!", schrie Walter Sack. „In seinem Nest liegt eine Herrenarmbanduhr. Eine tolle, wunderschöne, modische Herrenarmbanduhr!"

Herr Mamminger lachte auf, was Walter Sack nicht im Geringsten beeindruckte.

„Dann fliegen wir doch zu meinem Nest!"

Walter Sack und Gurrletta waren einverstanden.

Die Behausung von Herrn Mamminger lag auf einem Balken unter einem Vordach eines Nebengebäudes des Schlosses. Schon beim Heranfliegen erkannte Gurrletta eine kleine Scheibe, die im Halbdunklen mattgold glänzte. Als sie näherkam, erwies sich der Gegenstand als Metalldeckel.

Sofort verzog Walter Sack den Schnabel.

Herr Mamminger erklärte mit bitterem Unterton: „Das ist der Deckel eines Olivenglases. Ich bin nicht mehr der Jüngste, und manchmal zuckt es in meiner Brust. Wenn ich mich auf diese sogenannte ‚Herrenarmbanduhr' lege ...", dabei fixierte er Walter Sack, „... dann kühlt das meine Brust und das tut mir gut."

„Ich schlage vor", sagte Gurrletta fest, „Sie suchen Ihre ‚Herrenarmbanduhr' und Ihren Regenwurm woanders!"

„Regenwürmer gibt es zuhauf an der sonnigen Ecke bei den Eichen", setzte Herr Mamminger hinzu.

Walter Sack spannte die Flügel. „Ich weiß, was ich gesehen habe! Das war ein abgekartetes Spiel!" Dann flog er davon.

Herr Mamminger schüttelte den Kopf. „Kommen Sie, Frau Steinhöfl", lächelte er schließlich. „Jetzt darf ich Sie zum Essen einladen."

Gurrletta konnte unmöglich ablehnen.

Herr Mamminger servierte bei der Brunnenfigur einen frisch gezogenen Regenwurm, den sie tapfer verfutterte. Geholfen hat ihr die angenehme Unterhaltung mit ihrem Gastgeber. Die Unverschämtheit von Walter Sack war so unfassbar, dass sie dabei nicht mehr erwähnt wurde.

Taube oder Mensch?

Gurrletta Steinhöfl war gerne eine Taube. Da die Regensburger Altstadt mehr als genug erstklassige Futterplätze bietet und daher eine ausgewogene Ernährung mit erträglichem Zeitaufwand sichergestellt werden kann, blieb ihr ausreichend Freiraum für Spaziergänge, Ausflüge, Erholung und Gesellschaft. Täglich wurde sie Zeugin, wie sich andere Kreaturen wie Insekten, Ratten oder Menschen abschuften mussten, um das Getriebe ihrer Existenz mit genügend Energie zu versorgen; dass hingegen sie, Gurrletta, ihre Individualität in so befriedigendem Maße ausleben konnte, empfand sie als nobles Geschenk des Lieben Gottes. Sie erwachte morgens mit Optimismus und gurrte kraftvolle Melodien aus dem italienischen Opernrepertoire; abends legte sie sich mit dem Gefühl in ihr Nest, einen erfüllten Tag erlebt zu haben. Und es genügte ihr, als gutherzige Mittaube mit sozialem Verantwortungsbewusstsein zu gelten.

Doch immer wieder befiel Gurrletta – wie wohl jedes tiefgründige Geschöpf – eine melancholische Stimmung, in der die Angst Oberhand gewann, bereits alle ihre Möglichkeiten ausgeschöpft zu haben und keine innere Verankerung mehr zu besitzen. An solchen Tagen machte sie den immer gleichen Fehler: Sie tappte an den Schaufenstern von Buchhandlungen vorbei, betrachtete die vielfältigen Covers und verstärkte dadurch ihre Trübsal. Im Grunde habe sie nichts

Wesentliches zur Welt beigetragen, meinte sie dann, und beim Sterben werde sie ein Niemand sein.

Heute war wieder einer jener Tage. Sie bestaunte das neue Buch, das der Papst geschrieben hatte. Ja, sie sah sich selbst als religiöse Taube, doch ihre Spiritualität beschränkte sich darauf, den Kirchenglocken zuzuhören und zwischen den Beinen der Besucher der Sonntagsmesse herumzulaufen. Gelegentlich begegnete sie dem Bischof, wenn er aus seinem Ordinariat kam und hinüber zum Dom oder zum Bischofshof schritt. Dann klopfte ihr Herz so heftig, als müsse sie bei einem öffentlichen Konzert eine Arie singen. Doch mit theologischen Fragen hatte sie sich nie beschäftigt. Noch viel weniger mit philosophischen. Als sie die Buchtitel „Kritik der zynischen Vernunft" und „Die Welt als Wille und Vorstellung" las, dachte sie an Herrn Obermüller, der gerne und ausführlich dozierte. Dass auch er im Grunde nur als Wiederkäuer zu bezeichnen war, lockte ein befriedigendes Lächeln auf ihren Schnabel und milderte ihren Weltschmerz für einen Atemzug.

Weiter rechts zeigte das Schaufenster Biografien von Mozart, Beethoven und ihres verehrten Donizetti. Wie innig liebte Gurrletta die Musik, doch sie konnte weder Klavier spielen noch hatte sie je eine Oper komponiert – nicht einmal eine Melodie niedergeschrieben. Ihren Gesang wertete sie heute als klägliches Bemühen, das Musikleben Regensburgs zu bereichern. Aus ihrer Feder gab es nichts Literarisches – keinen Roman, keine Kurzgeschichte, kein Gedicht.

Oh, was war sie doch für ein langweiliges Federvieh, seufzte sie, während sie sinnlos auf einem Mängelexemplar herumpickte, das aus einem Karton mit Sonderangeboten gerutscht war. „Vielleicht wäre es besser gewesen, der Liebe Gott hätte meine Flügel eingespart und einen Menschen aus mir werden lassen", klagte sie. Gerade dröhnte ein Lastwagen vorbei. „Dann verstünde ich wohl auch, wie schmächtige Fahrer so riesige Schachteln vorwärtsbewegen können."

Dass sich in solch einer dumpfen Stimmung früher als gewöhnlich der Magen meldete, ärgerte Gurrletta. „Als sei ich zu nichts anderem fähig!" Doch sie musste dem Bedürfnis nachgehen und beschloss, auf einen nahegelegenen Platz vor einem Bistro mit Straßenverkauf zu fliegen. Dort gab es immer irgendwelche Leute, denen Brot- und Semmelreste zu Boden fielen.

Auf dem Platz hatte die Stadtverwaltung Bänke aus Holz sowie zwei Tische aufgestellt. In den Sommermonaten herrschte hier Hochbetrieb, heute, an diesem kalten Frühlingstag, nutzte nur eine alte Frau die Sitzgelegenheit für eine Pause. Sie verspeiste, dick in einen Mantel gepackt, in aller Ruhe eine Nussschnecke. Gurrletta erkannte an der Papiertüte, dass sie das Stück in einer Bäckerei gekauft hatte, die zwei Häuser weiter lag.

Nach kurzem Herumsuchen entdeckte Gurrletta auf der Nachbarbank ein ansehnliches Stück einer Kaisersemmel. Sie hüpfte auf die Sitzfläche und begann, darauf einzupicken.

Ein Mann kam aus dem Imbisslokal. Offensichtlich ein Tourist, denn ein Fotoapparat zog an seinem Hals. Er hatte ein Baguette gekauft und schickte sich an, ebenfalls bei den Tischen und Bänken Rast zu halten.

Sogleich stürmte der Ladeninhaber hinterher. „Nein! Bitte nicht!", rief er aufgewühlt. Dabei spähte er über den Platz, als fürchte er, ein mysteriöses Kommando könnte die Szene beobachten und brutal dreinschlagen.

Der Tourist antwortete mit einem verblüfften Blick.

„Ich zahle für die Tische nur in den Sommermonaten Sondernutzungsgebühr!", haspelte der Ladeninhaber. „April bis Oktober. Die Wintermonate gibt es hier keine Sondernutzung."

Der Tourist versuchte zu verstehen; aber es gelang ihm nicht.

„Ich bekomme eine Strafe, wenn ich die Tische auch im Winter benütze."

„Aber Sie benutzen die Tische ja nicht! *Ich* sitze hier, nicht Sie!"

„Sie essen das Baguette, das Sie bei mir gekauft haben!"

Jetzt deutete der Tourist auf die alte Frau mit der Nussschnecke. „Und die Dame?"

„Die ist kein Problem", erklärte der Inhaber. „Die hat die Nussschnecke nicht bei *mir* gekauft. Es ist ja nicht verboten, im öffentlichen Raum zu essen. Das sind ja städtische Tische."

„Aber ich esse ebenfalls im öffentlichen Raum!"

„Nein, eben nicht! Sie essen außerhalb meiner Sondernutzung!" Die Augen des Lokalinhabers hatten einen flehenden Ausdruck angenommen, als wollte er rufen: „Kapier und verschwinde doch endlich!"

„Ja, dann ...", sagte der Tourist schließlich und schob das Baguette in die Tüte. „Dann suche ich mir woanders was."

„Gleich da vorne!", lachte der Ladeninhaber; dabei deutete er in die nächste Gasse. „Auf den Rändern der Blumenkästen sitzt man wunderbar!"

Der Tourist nickte und ging davon.

Der Ladeninhaber blickte noch einmal forschend über den Platz. Erleichtert schlich er schließlich zurück in sein Geschäft.

Die alte Frau schleckte sich inzwischen die Finger ab.

Gurrletta verharrte auf der Bank. Das Gespräch der beiden Männer hatte sie mitverfolgt. Obwohl ihr der Inhalt gänzlich unverständlich geblieben war, wagte sie es jetzt nicht mehr, das Semmelstück anzurühren. Etwas Bedrohliches lag in der Luft, und es drängte sie, auf einen weitläufigen Platz zu fliegen. Sie startete hastig los und landete auf dem Dach der Neupfarrkirche. Dort versuchte sie zu ergründen, was gerade ihr Beklemmungsgefühl so verstärkt hatte. Aber sie kam nicht drauf. Sie spürte lediglich, dass die Ursache im elementar Menschlichen liegen musste.

Wie war sie plötzlich froh, dass sie eine schlichte Stadttaube sein durfte.

Debatte am Ludwig-Denkmal

Es gibt in der Altstadt wenig Orte, die sich bei niedrigem Sonnenstand in ein mediterranes Alltagsferienparadies verwandeln; die historischen Wohnburgen sind dafür zu hoch und die Gassen zu schmal. Zu diesen Ausnahmeorten zählen die Nordränder von Haidplatz und Neupfarrplatz sowie nahezu der gesamte Bismarckplatz; außerdem die Stufen an der Südseite des Doms. Kaum hat sich der Winter zurückgezogen, lassen hier Teenager und Touristen ihre Beine vom mannshohen Sockel baumeln, werden Romane und Reisebroschüren verschlungen, Eiskugeln weggeschleckt und süße Mädchen in den Frühling geküsst.

Auch Gurrletta hatte sich in der Nähe eines Pfeilers niedergelassen, um ihre klammen Federn aufzuwärmen. Nun landete ihre Schwägerin Agnes neben ihr. Sie bewohnte mit Gurrlettas Bruder Jakob und ihren Nestlingen eine Kiste mit verrostetem Werkzeug auf dem Nordturm des Doms und war daher in dieser Gegend laufend unterwegs.

„Hallo!", rief sie erfreut. „Du weißt, wo es schön ist!"

„Ja, oben auf dem Goldenen Turm ist es trotz der Sonne noch ziemlich ungemütlich. Es geht ein frischer Wind."

„Jaja", lächelte Agnes. Dabei machte sie sich breit und sackte auf den Steinboden.

So hockten sie eine Weile und beobachteten den Platz. Es gab eine Menge zu sehen. Pausenlos rannten Menschen vorüber, Fahrräder und Autos holperten über das Pflaster, Touristen bestiegen einen Bus für Stadtrundfahrten und fotografierten den Dom sowie das Reiterstandbild von König Ludwig I.

Das Denkmal war 1902 hier aufgestellt worden, dann hatten es die Nationalsozialisten in den Bahnhofspark versetzt, weil sie ihre Aufmärsche nicht in Gegenwart eines populären Königs abhalten wollten; erst vor kurzem war es an seinen ursprünglichen Standort zurückgeholt worden.

„Der arme König Ludwig!", seufzte Agnes plötzlich. „Er steht total im Schatten."

Gerade suchte Herr Schindler einen geeigneten Fleck, wo er sich ausruhen konnte. Er hatte die Bemerkung gehört und brauste sofort auf: „Am Bahnhof hat er sehr viel mehr Sonne gehabt! Das waren seine eigenen Anhänger, die ihn unbedingt wieder hierher haben stellen müssen! Mindestens sechs Parkplätze sind dafür geopfert worden!"

Herr Schindler, ein älterer, unscheinbarer Täuberich, hatte natürlich niemals ein Auto gefahren und die Parkplätze vermissen können, doch das Thema erregte ihn, als habe man die Brut aus seinem Nest gestohlen.

„Ich finde König Ludwig phänomenal!", gab Agnes zurück. „Er hat die Domtürme vollendet. Ich wohne mit meiner Familie auf dem Nordturm!" Herr Schindler schien von dieser königlichen Tat noch nichts gehört zu haben, weshalb Agnes fortfuhr: „Jaja, Herr Schindler, da staunen Sie! Die Domtürme waren über Jahrhunderte hinweg nur halb so hoch, sahen aus wie aufgestellte Schuhschachteln. König Ludwig war Kunstliebhaber und -förderer und hat sie vollendet!"

Gurrletta kannte diese Geschichte und sie wusste ein weiteres Detail aus der Herrscherbiografie, über das sie Herrn Schindler stolz unterrichten konnte: „Und er hat die schönsten Frauen seiner Zeit porträtieren lassen. Für die berühmte Schönheitsgalerie!"

„Und was haben wir heute davon?", schimpfte Herr Schindler.

„Sie gilt als Meilenstein in der Porträtkunst. Die zeitgenössische Malerei nimmt sie als Vorbild."

„Ach, das hat er doch nur gemacht, weil er sich bei den Frauen einschleimen wollte", rief nun eine Frauentaubenstimme. Sie gehörte Else Funkenwurf. „Mit ein paar von denen hat er Kinder in die Welt gesetzt – außerehelich natürlich! Selber hat er ja gar nicht richtig malen können. Er hat nur das Geld für den Maler gezahlt!"

„Ganz recht!", bestätigte Herr Schindler. „Und noch heute vernichtet er Parkplätze!"

Agnes war aufgesprungen: „Aber er hat die Domtürme vollendet und die Befreiungshalle bei Kelheim gebaut!"

Und Gurrletta: „Auch die Walhalla!"

„Parkplätze! Ein Vernichter von Parkplätzen!"

Der Begriff „Walhalla" hatte in Else Funkenwurf heftige Belustigung ausgelöst. „Die ist absolut überflüssig!"

„Nananana!" Soeben war Willibald Siebenflügel gelandet. „So reden nur Leute ohne kulturgeschichtliche Bildung!" Der Kunstmaler Willibald Siebenflügel galt als außergewöhnlich schmucke Taube. Dessen war er sich bewusst, weshalb er am liebsten Selbstporträts anfertigte. Wie König Ludwig liebte er die Frauen und so übergoss er Gurrletta und Agnes sogleich mit samtigem Lächeln. Von weiblichen Taubengeschöpfen der Sorte Else Funkenwurf hielt er hingegen wenig.

Diese konterte: „Von der Schönheit ist die Welt noch nie satt geworden! Ganz im Gegenteil!" Süffisant begann sie aufzuzählen, was man mit dem Geld, das Ludwig in seine Kunstprojekte gesteckt hatte, alles hätte finanzieren können: Taubenschulen, sozialer Nestbau, Seniorentaubenschläge.

„Papperlapapp! Alles populistischer Käse! Die Seele braucht die Kunst genauso wie der Körper profane Genüsse! Das Geld ist daher in der Kunst ebenso gut angelegt!"

„Profane Genüsse!" Else Funkenwurf war außer sich. „Sind Taubenschulen profane Genüsse? Wenn es ihm wenigstens um die Kunst gegangen wäre! Für seine Selbstüberhöhung hat er das Geld verpulvert! Und seinen Geschlechtstrieb! Er selber war zur Kunst ja unfähig!"

„Er hat hochpoetische Gedichte geschrieben", hielt Siebenflügel dagegen.

„Parkplätze hat er vernichtet!", plärrte Herr Schindler, um auf sich aufmerksam zu machen. „Sechs oder sieben! Oder acht!" Er flog hinüber zum Denkmal, um dessen Flächenverbrauch besser abschätzen zu können.

„Und was ist mit seiner politischen Einstellung?", zischte Else Funkenwurf. „Er war reaktionär bis zum Gehtnichtmehr, hat die Demokratisierung unterdrückt!"

„Die Nazis haben sein Denkmal aus der Stadt verbannt! Das ehrt ihn!"

„Er war so dumm, dass er auf Lola Montez hereingefallen ist!"

„Mein Gott, ja!", grinste Willibald Siebenflügel verständnisvoll. „Aber er war weitsichtig genug, die Naturwissenschaftler und Architekten seiner Zeit zu fördern. Noch heute profitiert Bayern davon! Und er hat ein Bewusstsein für die großen Geister geschaffen!"

„Die Walhalla!", rief Gurrletta dazwischen.

„Ihr seid unerträglich verstaubt!", gab Else Funkenwurf nun voller Überdruss zurück. „Für eure Borniertheit ist mir die Zeit zu schade!" Sie schüttelte den Kopf, sprang zum Rand des Sockels und schoss in die Höhe. Um das Ludwig-Denkmal machte sie einen weiten Bogen.

„Apropos Walhalla", sprach Willibald Siebenflügel; dazu präsentierte er abermals sein samtiges Lächeln. „Meine Damen, waren Sie denn schon mal auf der Walhalla?"

Gurrletta und Agnes verneinten.

„Morgen wäre doch ideal!"

Die Luftlinie zwischen Domplatz und Walhalla betrug etwa zehn Kilometer. Für untrainierte Stadttauben war sie viel zu weit entfernt; erst recht für Tauben im Alter von Gurrletta. Willibald Siebenflügel musste einen entsprechenden Einwand erwarten, weshalb er sofort anfügte: „Wir können auf einem Ausflugsschiff mitfahren. Sie werden von den Marmorbüsten und der wundervollen Aussicht auf die Donaulandschaft überwältigt sein, meine Damen! Anschließend sollten wir auf den Stufen des monumentalen Bauwerkes ein Picknick abhalten!"

Gurrletta verspürte keinen Bedarf an einer näheren Bekanntschaft mit Herrn Siebenflügel und ihre Schwägerin Agnes hatte einen herzensguten, aber eifersüchtigen Ehemann. Außerdem war Willibald Siebenflügel ja nie auf die

Idee gekommen zu fragen, ob er sie porträtieren dürfe, dachte Gurrletta. Sie stärkte mit dieser Überlegung das Gefühl, ungerechtfertigt von ihm übersehen worden zu sein und daher mit gutem Grund eine Zurückweisung aussprechen zu können.

Die Rückkehr von Herrn Schindler kam Gurrletta und auch Agnes mehr als gelegen.

„Ich hab ein Plakat gesehen!", berichtete er begeistert. „Morgen sind auch die restlichen Parkplätze gesperrt. Die Königstreuen begehen den Todestag von König Ludwig. Buden werden aufgebaut!"

„Da gibt es bestimmt jede Menge Brezen und Semmelreste", lachte Agnes.

„Eben!", jubelte Herr Schindler.

Willibald Siebenflügel verzog den Schnabel. Er wusste, dass er gegen die erwarteten lukullischen Genüsse mit seinem Angebot nicht ankam.

„Wir haben leider morgen keine Zeit", sagte Gurrletta spitz. „Wenn ein kunstliebender König den Magen füllt, müssen wir seine Marmorgeistesgrößen hintanstellen."

Siebenflügel blickte so traurig wie ein armer Poet.

Er würde sie jetzt gewiss verachten, dessen war sich Gurrletta sicher. Das bedrückte sie plötzlich, denn sie zählte sich ja zu den Tauben mit Kunstverstand! Aber mit Tauben wie Willibald Siebenflügel war der Umgang eben schwierig. „Eine kaum fassbare, widersprüchliche Persönlichkeit", dachte sie. „Und König Ludwig wird wohl ähnlich schwierig gewesen sein."

Roberto aus Verona

Verona, das norditalienische Mekka der Opernfreunde, hatte Gurrletta nie gesehen. Doch in ihren Adern pulsierte unaufhörlich der Belcanto, das genetische Erbe ihrer Mutter Renata Scottini. Um Bezug zu ihren Wurzeln zu halten, pflegte sie einen intensiven Briefkontakt mit ihrer Tante Silvana. Die Dame in gesegnetem Alter lebte von den hochwertigen Abfällen eines Pastaherstellers am Stadtrand von Verona und durfte sich einer stabilen Gesundheit erfreuen.

Bei ihr wohnte ihr erstgeschlüpfter Sohn Roberto. Auch er zählte nicht zu den Jüngsten. Nie war er flügge geworden, nie hatte er wohl das Bedürfnis verspürt, eine Taubenfamilie zu gründen. Die Ursachen kannte Gurrletta nicht, denn dieses Thema wurde in den Briefen, die zwischen Regensburg und Verona wechselten, nicht erörtert. Es war geradezu ein Tabu. Gurrletta, die ja selbst unverheiratet geblieben war, konnte ihren Cousin ein wenig verstehen. Dass er nach wie vor bei seiner Mutter lebte, fand sie aber doch befremdlich.

„Mein Roberto", schrieb Tante Silvana in ihrem jüngsten Brief, „hat überraschend die Gelegenheit, mit einem Geigenbaumeister nach Regensburg zu kommen und drei Tage später zurückzufahren. Da sich Roberto ja für alles interessiert, was mit Architektur und Geschichte zu tun hat, wäre es wundervoll, wenn er bei dir Unterkunft nehmen und von dort aus die historische Altstadt erkunden könnte.

Sicher darf er auf deine Ortskenntnis vertrauen und von deinem Wissen profitieren." Unten war angefügt: „Liebe Gurrletta, wäre grandioso, wenn das klappen würde! Dein Cousin Roberto!"

Natürlich öffnete Gurrletta dem wissbegierigen Verwandten aus der Heimat ihrer Mutter die Tür. Sie betrachtete es als eine Ehrensache, den Gast so perfekt wie möglich zu betreuen. Sie brachte also ihre Kammer im Patrizierturm, errichtet vor Jahrhunderten nach italienischen Vorbildern, zum Strahlen und borgte sich von einem Nachbarn Bücher und Broschüren, um ihr Wissen aufzufrischen. Die wichtigsten Jahreszahlen wollte sie auf der Zunge haben: 179 nach Christus: Bau des römischen Lagers Castra Regina; 1146: Vollendung der Steinernen Brücke; 2006: Papst Benedikt XVI. besucht Regensburg.

Eine Woche später landete Roberto auf der Zinne des Goldenen Turmes und schmetterte aus voller Taubenbrust die Kanzone des Herzogs aus Rigoletto: „La donna è mobile!" – so, wie sie es brieflich verabredet hatten. Gurrletta flatterte zu ihm empor, und Cousin und Cousine schlossen sich in die Flügel.

Roberto durfte sich tatsächlich nicht mehr zu den Jüngsten zählen. Der Glanz, der wohl einst auf seinen dunkelgrünen Federn gelegen hatte, war verblichen; und es roch schal aus seinem Schnabel. An seiner Brust baumelte ein silberner Totenkopf. Er wirkte wie ein Relikt aus Jahren des Aufbegehrens, die aber sicherlich niemals stattgefunden hatten.

Wenig später, beim Begrüßungstee in Gurrlettas Kammer, gestand er, wie froh er sei, dass er diese weite Reise noch machen konnte. „Einmal im Leben", so sagte er, „muss man hinaus in die Welt!"

Gurrletta gab ihm Recht – bedrückt, denn sie selbst war ja nie aus Regensburg hinausgekommen.

Am nächsten Morgen starteten sie mit ihrer Besichtigungstour. Gurrletta hatte vor Aufregung schlecht geschlafen. Sie fürchtete, dass sie den Erwartungen ihres Gastes nicht genügen würde. Roberto war nicht zu Bett gegangen, ohne die entliehenen Stadtführer sorgfältig durchzublättern. Zum Nachmittagskaffee waren sie bei Gurrlettas Bruder Jakob Steinhöfl und der Schwägerin Agnes auf dem nördlichen Domturm eingeladen. Bis zu diesem Familientreffen wollten sie gut vorangekommen sein.

Sie landeten als Erstes auf der Brüstung der Steinernen Brücke, gegenüber der Bruckmandl-Figur. Gurrletta erzählte die Baugeschichte, anschließend begann sie mit der Sage vom Wettstreit zwischen Dom- und Brückenbaumeister. Roberto lauschte aufmerksam ihrem Vortrag – zumindest so lange, bis zwei junge Tauben, weibliche Tauben, ein nestbreit neben ihnen Platz nahmen und mit süßlichem Gurren irgendein aufwühlendes Erlebnis diskutierten. Roberto bemühte sich sogleich, durch Aufplustern und Halsrecken die Beachtung der beiden zu erregen. Gleichzeitig wollte er seine Cousine nicht verärgern und gab sich wissensdurstig. Die Taubenmädchen flogen bald davon, ohne Roberto einen Blick geschenkt zu haben.

Auf dem Dachfirst des Salzstadels, mit Aussicht zur Wurstkuchl, blieben sie ungestört, doch auf dem Alten Rathaus tummelte sich eine ganze Schar von Artgenossen, darunter viele Täubchen.

Roberto geriet rasch so sehr in Bewegung, dass Gurrletta einige Fakten wiederholen musste, weil sie Roberto beim ersten Mal unmöglich registriert haben konnte.

Als ein recht munterer Taubenbackfisch mit kecker, schneeweißer Feder am Scheitel Richtung Westen abflog, fragte er unverhohlen: „Wo fliegt die hin?"

Gurrletta unterdrückte ihre Missstimmung, die sie längst eingetrübt hatte, und sagte: „Vielleicht zum Haidplatz." Auch Gurrletta verfolgte den Flug des Mädchens. Sie blieb in der Luft. „Oder zum Arnulfsplatz. Jetzt ist sie vermutlich über dem Herzogspark."

Die unbekannte Schönheit tauchte ab.

„Ja, komm, Gurrletta! Diesen Herzogspark will ich sehen!"

Also flogen sie zum Herzogspark. Dieser stand eigentlich nicht auf dem Besichtigungsprogramm, aber, so dachte Gurrletta, dort könnten sie sich in herrlicher Umgebung ein bisschen erholen. Sie landeten also auf dem Dach des Naturkundemuseums, das eine wundervolle Aussicht auf die blühenden, üppigen Anpflanzungen ermöglichte.

Tatsächlich entdeckte Roberto das Täubchen mit der weißen Kopffeder auf der Parkmauer. Mit der allzu durchsichtigen Bemerkung, er wolle sich kurz ein interessantes Bauwerk ansehen und die Cousine dürfe gerne weiter Rast halten, schuf er sich den nötigen Freiraum, um ungestört die Schönheit ansteuern zu können.

Gurrletta beobachtete mit Kopfschütteln, wie er in deren unmittelbarer Nähe landete und ein Gespräch begann. Dabei machte er sich groß und schlank, schob den Hals so weit nach vorne, dass der Totenkopf auf seiner Brust frei hing und schaukelte. Bald aber hüpfte der Backfisch zur Seite, und als Roberto nachrückte, flog er davon. Roberto tat noch eine Weile so, als würde er den Stein untersuchen, auf dem er hockte. Dann kehrte er zu Gurrletta zurück.

„Eine sehr bedeutende Mauer", behauptete er. „Das meinen alle hier!"

Gurrletta, die keine Auseinandersetzung mit dem Gast führen wollte, spielte die Erstaunte.

Schließlich setzten sie die Tour fort.

Am Arnulfsplatz, wo Gurrlettas Vater Ludwig Steinhöfl nur knapp den Rädern eines Busses entkommen und gleich darauf einem Herzinfarkt erlegen war, hielten sie inne.

Es ging weiter zum Haidplatz, Runtingerhaus, über die Donau nach Stadtamhof. Roberto folgte mit kleinen Abschweifungen, denn überall wärmten sie ihre zarten Federkostüme, überall strahlten sie mit ihren orangefarbigen Augen mit der Sonne um die Wette – die Mädchen der übernächsten Generation.

So war es Nachmittag geworden, und Jakob und Agnes Steinhöfl erwarteten sie zu Kaffee und Kuchenbrösel auf dem Domturm. Durch ein Loch in einem Netz, das Taubenfeinde zur Abwehr aufgespannt hatten, gelangten Gurrletta und Roberto in eine windgeschützte Nische, in die das Nachmittagslicht gut einfallen konnte. Neben ihrem Nest hatten Jakob und Agnes ein gemütliches Plätzchen hergerichtet. Mit in der Runde saßen die Töchter Mimi und Susi, die dem Ehepaar erst vor zwei Wochen geschlüpft waren. Da Taubennestlinge sehr bald umtriebig und flügge werden, verfügten die beiden bereits über jene Attribute, auf die Roberto ansprang.

Jakob zählte zu den Tauben, die keinen Sinn für die Kunst besitzen. Agnes hingegen erkundete bei ihren Rundflügen mit Leidenschaft das riesige Areal des Doms und konnte daher viel über das kolossale Bauwerk erzählen.

Roberto begann schon während des Bröselpickens, mit Mimi und Susi zu schäkern, und er fütterte sie bald zum Spaß mit dem Rest eines Marmorkuchens. Die Schwestern boten ihm schließlich an, ihre Flugkünste zu zeigen. Roberto entschuldigte sich bei den übrigen Verwandten und startete mit den jungen Damen los.

„Er ist ein Schürzenjäger, ein Casanova!", klagte Gurrletta, als Roberto mit seinen Cousinen zweiten Grades nach einer Stunde immer noch nicht zurückgekehrt war. Sie ärgerte sich über die Rüpelhaftigkeit ihres Gastes. Sein Interesse an der Geschichte Regensburgs hatte sich als Blendwerk erwiesen.

Jakob und Agnes machten sich Sorgen um ihre Töchter, und so brachen Gurrletta und Jakob auf, um die drei zu suchen.

Nach einer Weile, es dämmerte bereits, fanden sie Mimi und Susi am oberen Brunnen des Bismarckplatzes, wo sie mit Taubenburschen flirteten.

„Roberto ist uns irgendwann nicht mehr nachgekommen", erzählten sie.

„Er ist nicht der Jüngste! Oder er hat eine Andere gefunden", dachte Gurrletta. „Womöglich die Kleine aus dem Herzogspark!"

Sie wollte nicht länger auf ihn Rücksicht nehmen! Entschlossen flog sie nach Hause. – Roberto wusste ja, wo sich sein Gästenest befand!

Doch Roberto blieb aus.

Ohne dass sie es wollte, geriet Gurrletta in Unruhe. Immerhin war er ein Nesthäkchen, überlegte sie, und sicherlich den Gefahren des Lebens und der Frauenwelt nicht gewachsen. Vielleicht verlebte er irgendwo eine romantische Liebesnacht, vielleicht aber saß er depressiv auf einem Turm, abgewiesen und gedemütigt, und wollte sich im nächsten Moment in die Tiefe stürzen. Ältere Herren konnten sich bekanntlich in wirre Gefühle für junge Mädchen verstricken und bei Erfolglosigkeit mit Selbstaufgabe reagieren. Gurrletta wechselte mehrmals die Ruhestellung. Zum Schlafen kam sie nur wenig.

Der Tag war längst angebrochen und das Treiben unten auf der Gasse in Gang gekommen, als Roberto in der Luke von Gurrlettas Kammer hockte. Seine dunkelgrünen Federn hingen wie Lumpen an ihm herab. Er wirkte müde und verstört. Die Kette mit dem Totenkopf klebte an seiner nassgeschwitzten Brust. Als ihn Gurrletta in Empfang nahm, brach er in Tränen aus.

Gurrletta führte ihn in die Stube, bettete ihn in sein Gästenest, bereitete Tee und leichtverdauliche Würmer.

Roberto brachte nicht über den Schnabel, was er so Entsetzliches erlebt hatte. Schließlich, nachdem er sich gestärkt hatte und ein wenig erholt war, bat er die Cousine, ihm weiter die Stadt zu zeigen. Er wollte seine Zeit in Regensburg nutzen und das fürstliche Schloss besichtigen sowie über den Campus der Universität schreiten. Er versprach, stets an ihrer Seite zu bleiben.

Und er hielt sich daran. Nicht nur das: Er entwickelte, je länger sie unterwegs waren und die Ereignisse dieser Nacht in der Vergangenheit verblassten, gegenüber seiner Cousine einen südländischen Charme, den die Taubendame Gurrletta nicht für möglich gehalten hatte. Ja, sie fand ihn jetzt nett und sympathisch. Dass sich ein so verspäteter Mann noch so leidenschaftlich für junge Täubchen erwärmen konnte, gefiel ihr plötzlich. Sie war glücklich, mit ihm verwandt zu sein. „Wie schade", dachte sie, „dass er morgen schon wieder abreisen muss!"

Als sie auf einem Kamin eine Pause einlegten, sagte Roberto unvermittelt: „Da unten haben sie mich eingesperrt!" Dabei deutete er mit einem Flügel auf ein Spielwarengeschäft.

Hinter einem Schaufenster, das bei schönem Wetter geöffnet wurde, war eine Modelleisenbahn aufgebaut. Die Lok mit ihren drei Güterwaggons fuhr lediglich im Kreis. Ein paar Modellhäuschen, Bäume sowie ein kurzer Tunnel ergänzten die Anlage.

„Als ich das gesehen habe, wollte ich unbedingt mitfahren", erzählte Roberto. Die Erinnerung füllte seine Augen mit Tränen. „Ich habe mich also in den zweiten Waggon gesetzt, und dann war plötzlich Ladenschluss, und sie haben abgeschaltet, das Schaufenster geschlossen, und mein Waggon stand gerade im Tunnel! Bis heute Morgen war ich eingesperrt, bis der Zug wieder losgefahren ist. – Weißt du, Gurrletta, bei Modelleisenbahnen vergesse ich alles!"

Gurrletta lächelte verständnisvoll und ein bisschen enttäuscht. Sie hatte sich eine bessere Geschichte erhofft. Roberto bat sie, seiner alten Mutter Silvana nichts davon zu erzählen. Das versprach sie selbstverständlich.

Nachdem Roberto am folgenden Tag den Lieferwagen des Geigenbaumeisters aus Verona bestiegen hatte und das Auto losfuhr, winkte sie ihm lange nach. Ihr Herz war schwer geworden. Sie fürchtete, dass sie sich nie mehr wiedersehen würden.

„Männer!", dachte sie schließlich, um sich abzulenken. Sie amüsierte sich über die Eisenbahngeschichte. Dann bemerkte sie auf einem Balkongeländer zwei Taubenbackfische, die sich ausgiebig putzten.

Fairer Kaffee

Heute kam der Bayerische Ministerpräsident nach Regensburg. Die Tauben erzählten sich, er habe wegen des schönen Wetters kurzfristig sein Besuchsprogramm erweitert und werde noch in der Wurstkuchl „Achte auf Kraut" mit Kipferl essen.

Gurrletta wollte den Ministerpräsidenten aus der Nähe sehen und machte sich auf den Weg Richtung Donau. Es war keine Eile nötig, denn die hohen Herren saßen noch bei einem Festakt im Reichssaal, weshalb sie nicht flog, sondern gemütlich durch die Altstadt spazierte. In einer engen, verwahrlosten Gasse, die aus unverständlichen Gründen Taubengässchen heißt, lehnten zwei blaue Müllsäcke an einer Hauswand. Sie waren aufgerissen, sodass unappetitliche Küchenabfälle herausquollen: verschmierte Kartonagen und Folien, Dosen und schimmlige Speisereste. Eine dunkelgraue Taubenfrau durchwühlte gerade das Chaos. Beim Vorübertappen erkannte Gurrletta die Dame: Es war Frau Obermüller, die vormalige Frau Salzheimer. Sie hatte bis vor wenigen Wochen im Nachbarhaus gewohnt. Nach ihrer Vermählung mit Herrn Obermüller war sie weggezogen.

Ihr Gatte, Anton Obermüller, vielbeschäftigter Trauerfeierredner, tat sich auch bei allen übrigen Versammlungen hervor und verbreitete den Eindruck, als sei er besonders moralisch und sozialkompetent. Es passte daher zu ihm, dass er mit seiner jungen Frau ein Nest ausgerechnet auf einem Kirchturm gebaut hatte, irgendwo im Stadtnorden. Gurrletta fand diese Art der Selbstüberhöhung peinlich.

Jetzt bemerkte die frischgebackene Frau Obermüller die Spaziergängerin. „Ah, das ist ja eine nette Überraschung! Frau Steinhöfl!"

Gurrletta grüßte höflich zurück.

„Ich ärgere mich gerade!", rief Frau Obermüller. „Wo man hinkommt – die Ratten waren immer schneller! Diese grässlichen Viecher! Die besten Stücke haben sie schon herausgezogen!"

„Na ja, die haben halt auch Hunger!", entgegnete Gurrletta. Das permanente Lamentieren war ihr zuwider. Zu essen gab es ja wohl genug in Regensburg!

Frau Obermüller ließ endlich ab vom Müllsack und erzählte von ihrem neuen Leben mit Anton. Sie schwärmte von der wundervollen Aussicht auf dem Turm der Lukaskirche und den großartigen Möglichkeiten, sich aus der Mülltonne eines Discounters mit Futter zu versorgen. „Gelegentlich zieht es mich aber in die Innenstadt", gestand sie. „Hier bin ich aufgewachsen, und man muss immer mal wieder zurück zu den Wurzeln."

Gurrletta liebte ihre Altstadt über alles und konnte das gut verstehen.

„Frau Steinhöfl", sagte Frau Obermüller schließlich, „kommen Sie doch zu Kaffee und Kuchen! Sie müssen unbedingt mein neues Zuhause kennenlernen und die Aussicht genießen!"

Gurrletta konnte die Einladung unmöglich ausschlagen, obwohl sie keine Lust auf einen Nachmittag mit Anton

Obermüller verspürte und die Lukaskirche weit jenseits der Donau steht. Solche Ausflüge waren in ihrem Alter keine Kleinigkeit. Sie verabredeten sich also für den folgenden Samstag.

Gurrletta graute es davor, Gebäck aus dem Müll eines Discounters vorgesetzt zu bekommen. Auf den Tischen vor einem Café beim Theater wurden regelmäßig wundervolle, ofenfrische Croissants verspeist. Das wusste Gurrletta. Es gelang ihr, mit einer kühnen Flugattacke ein ansehnliches Stück zu erbeuten. Das packte sie zuhause in Papier, um es als Geschenk zu tarnen – sie konnte ja unmöglich das Essen zur Einladung mitbringen. Aber natürlich hoffte sie, dass es auf den Speiseplatz kam. Dann band sie ihren roten Sonnenhut auf den Kopf und hob Richtung Lukaskirche ab. Soweit es ihre Kondition zuließ, gurrte sie unterwegs die Arie der Rosina aus dem „Barbier von Sevilla".

Sie überflog etliche Bäckereien. „Dort könnten sich die Obermüllers ja ohne weiteres versorgen. Muss es denn der Discounter sein?", dachte Gurrletta, hoffend, dass der Nachmittag rasch und gut vorübergehen würde. „Aber Herr Obermüller hält lieber Moralansprachen, als einen Flügel-schlag zu viel zu tun!"

In St. Lukas wurde ein Fest gefeiert. Der Vorplatz war voller Menschen. Zwei standen hinter einem Grill, auf dem Bratwürste brutzelten, andere gossen Bier und Apfelschorle in Gläser, wieder andere trugen sie zu Bierbänken, auf denen die nächsten saßen. Auf einem Tisch wurde Schmuck aus Südamerika sowie fair gehandelter Kaffee angeboten. Darunter lag eine beschädigte Packung; Kaffeepulver war verschüttet.

Gurrletta freute sich: „Dann gibt es wenigstens fairen Kaffee! Bis da herunter wird es Herr Obermüller ja wohl geschafft haben!"

Frau Obermüller begrüßte und umflügelte Gurrletta mit allergrößter Herzlichkeit. Das Geschenk, das edle Croissant-Stück, entpackte die Gastgeberin mit freudiger Überraschung, aber gewiss, ohne dessen Wert zu ermessen. „Ich habe Kekse im Müll gefunden!", rief sie glücklich. „Jetzt werden wir bestimmt mehr als satt!" Anton werde gleich kommen, erzählte sie dann. Er sei noch bei einem Freund, der an einem Eheproblem leide und seine Hilfe brauche.

„Oje!", seufzte Gurrletta, ohne erkennbar zu machen, ob sie den Freund wegen des Eheproblems oder der Beratung bemitleidete.

Frau Obermüller zeigte ihrem Gast die neue Wohnstätte auf einer hochgelegenen Zwischendecke, weitgehend wettergeschützt durch ein Gefüge aus steinernen Ornamenten. Der Ausblick nach Süden auf Donau und Altstadt war in der Tat beeindruckend. Gurrletta fragte nach den Kirchenglocken; ob man in ihrer unmittelbaren Nähe leben könne. Sie habe sich inzwischen daran gewöhnt, antwortete Frau Obermüller. Nur gelegentlich erschrecke sie noch oder werde davon wach.

„Ekelig finde ich allerdings die Mäuse", klagte sie schließlich.

„Wieso?"

„Ach, aus irgendeinem Nachbargrundstück wurde kürzlich eine Mäusefamilie vertrieben. Und jetzt haben sie sich im Garten der Kirche eingenistet. Sie quieken widerlich hell und fressen das Wenige, das der Garten bietet."

Gurrletta hielt den Schnabel. Sie kannte herzensgute Mäuse und wusste, welche Existenzsorgen sie mitunter plagten.

Als sie einen Blick zur Kaffeemaschine warf, entdeckte sie mit Entsetzen den Rest einer Packung mit Discounterkaffee. Die Maschine war noch nicht in Betrieb, weshalb sie sofort einhakte: „Unten beim Kirchenfest gibt es fairen Kaffee!"

Frau Obermüller guckte irritiert: „Ja, und?"

„Ich meine, wenn schon fairer Kaffee zu haben ist, sollten wir ihn auch trinken."

„So? Ja ...?"

„Ich hole welchen!", rief Gurrletta und segelte los.

Als sie wenig später in der Mitte des Nestes saßen und Frau Obermüller den frischgebrühten fairen Kaffee brachte, wollte sich keine flüssige Unterhaltung entwickeln. Frau Obermüller schwärmte erneut von der Schönheit der Aussicht. Gurrletta wartete darauf, dass die Gastgeberin endlich das Croissant-Stück servierte, denn zwischen ihnen lagen nur die trockenen, geschmacklosen Kekse aus dem Müll des Discounters.

Die Heimkehr von Anton Obermüller belebte die Situation. Er überschüttete Gurrletta sogleich mit seinen Gedanken, die er sich über das schwierige Zusammenleben von Tauben und Wanderfalken gemacht hatte. Schließlich versorgte Frau Obermüller auch ihn mit Kaffee und legte das Croissant-Stück in die Runde. „Das hat Frau Steinhöfl mitgebracht."

„Was ist denn das für ein Kaffee?", fragte Anton Obermüller gleich nach dem ersten Schluck.

„Den hat Frau Steinhöfl von unten geholt." Mit ihrer Stimmfärbung ließ sie dabei durchblicken, dass die Besucherin mit ihrer Sortenauswahl nicht zufrieden war.

Gurrletta fügte sofort hinzu: „Fair gehandelter Kaffee!"

„Ha!", japste Herr Obermüller. „Das ist doch alles Augenwischerei!"

Gurrletta plusterte sich empört auf und setzte zum Widerspruch an.

„Und überhaupt!", lachte Herr Obermüller höhnisch. „Fair ist man nur dann, wenn man auch bezahlt dafür! Wie bitte sollen wir Tauben zum fairen Kaffeehandel beitragen?!"

Das traf Gurrletta in die Seele. Und was das Schlimmste war: Sie wusste keine Erwiderung.

Herr Obermüller triumphierte: „Indem wir ihn stehlen?"

Gurrletta war nun so aufgebracht, dass sie heftig mit den Flügeln schlug. Dabei erfasste sie ungewollt das Croissant-Stück und schleuderte es aus dem Nest der Obermüllers. In weitem Bogen schoss es durch das Ornament-Gefüge und landete im Garten. Panisch sprang sie an den Rand der Zwischendecke. Sie konnte gerade noch mitverfolgen, wie eine Maus den Brocken mit euphorischem Quieken schnappte und ins nächste Loch zerrte.

Jetzt lächelte Gurrletta, denn sie hatte das Gefühl, etwas Wohltätiges vollbracht zu haben – wenn sie schon nicht für den Kaffee gezahlt hatte.

Frau Obermüller war um Mäßigung bemüht und dämpfte ihren Gatten mit überraschend harschen Worten. Dann erkundigte sie sich auf den ersten Blick unmotiviert bei Gurrletta nach dem Befinden der früheren Nachbarn in der

Altstadt. Damit holte sie ihren Gast zurück in die Kaffeerunde und entfachte ein konfliktfreies Gespräch. Gurrletta, ebenfalls an einer Deeskalation interessiert, erzählte einige belanglose Neuigkeiten und pickte dabei tapfer in die Kekse. Anton Obermüller genoss das karge Gebäck aus der Discountermülltonne, als stamme es aus einer Feinbäckerei. Dazu schlürfte er kommentarlos den Kaffee. Mit angenehm kurzen Beiträgen beteiligte er sich an der Plauderei. Frau Obermüller wirkte bald erleichtert. Es war ihr tatsächlich gelungen, den Streit abzufangen.

Und so mündete der Nachmittag schließlich in einen erträglichen Ausklang.

In Gurrlettas Innerem hatte sich unterdessen Nachsichtigkeit breitgemacht. „Was zählt, ist die eigene Einstellung!", dachte sie. „Man wird niemals in allen Tauben ein soziales Gewissen erwecken können. Und: Auch wenn ich für den Kaffee nicht bezahlen konnte, so habe ich doch durch Verzicht und Geben etwas Gutes getan. Mittäubisch ist man nicht immer auf geradem Weg! Oh ja, da muss der neunmalkluge Herr Obermüller noch viel dazulernen!"

Die kleine Ausnahme

Die Tauben lieben die Nachmittage in der warmen Jahreszeit. Besonders die Wochenendnachmittage, wenn sich die Regensburger und Touristen zuhauf ihre Zeit vor den Straßencafés vertreiben. Die Freisitzer verlieren so reichlich frische und hochwertige Speisereste, dass sich die Mägen damit unentwegt und bequem füllen lassen. Auch besitzt die Altstadt einen höheren Unterhaltungswert. Während man nämlich in den dunklen Monaten nur einzelne Gestalten antrifft, die, von Kälte getrieben, durch die Gassen hetzen, bieten Frühling und Sommer vielfältige Details.

Gurrletta Steinhöfl hockte gerne auf den Dächern, um die Menschen zu beobachten. Die Zeit des Verdauens wurde so zur Studierzeit. Besonders häufig wählte sie das Schneefanggitter auf der Arch am Haidplatz, gegenüber dem Café Goldenes Kreuz.

Sie hatte soeben einen größeren Brocken Obstkuchenboden verspeist. Er war von einem Kleinkind auf das Pflaster katapultiert worden. Nun döste Gurrletta mit ihrem roten Sonnenhut auf dem Kopf vor sich hin und warf gelegentlich ein Auge auf ein Menschenpaar, das lebhaft diskutierte. Allmählich wurde daraus Streit. Die Frau, deren dunkelblonden, wirren Lockenkopf Gurrletta außergewöhnlich fand, bestürmte den Mann, einen dickwanstigen Weißbiertrinker. Dieser saß unbewegt vor seinem Glas. Nur, wenn ihm das Schimpfen offenbar zu viel wurde, brach er für eine kurze Erwiderung aus sich heraus, um sogleich wieder in dumpfes Brüten zu verfallen.

Nach einiger Zeit mühte er sich auf und verschwand im Inneren des Cafés.

„Jetzt geht er wohl auf die Toilette", dachte Gurrletta. So weit war ihr die menschliche Lebensführung bekannt, um diesen Schluss ziehen zu können.

Kaum war der Mann verschwunden, da beobachtete sie etwas Ungeheuerliches: Die Frau mit dem Lockenkopf hob sich über das halbleere Weißbierglas und spuckte hinein. Anschließend verrührte sie ihre Absonderung mit einem Kaffeelöffel. Dass ihre Vergeltung nur aus einem unsichtbaren Symbol bestand, schien ihr zu genügen.

Gurrletta nickte. „Jaja, so sind sie, die Menschen."

Sie wusste natürlich, dass auch Tauben zu solchen Hinterhältigkeiten fähig waren – zu belanglos für die Justiz, aber doch ein Bruch der Grundnormen eines sozialen Gefüges. Gerne hätte sie erfahren, worüber die beiden stritten. Sie war interessiert an allen Geschichten aus ihrer Nachbarschaft. Ob sie sich selbst mit einem Racheakt, der nicht wahrgenommen werden konnte, bescheiden würde, bezweifelte sie allerdings. Doch die Vorteile waren beachtlich: Man musste sich gegenüber dem Opfer nicht erklären, man blieb ein Weißes Lamm – konnte sich aber trotzdem über den Erfolg freuen, heimlich.

Noch bevor der Mann zu seinem Bier zurückkehrte, bemerkte Gurrletta einen Artgenossen, der in ungewöhnlich rasantem Tempo weite Runden über den Platz drehte. Sein Verhalten wirkte geradezu verdächtig. Außerdem: Jeweils beim Anflug auf einen Dachgiebel sank er etwas herab und drosselte die Geschwindigkeit, um dann mit neuem Schub wieder in die Höhe zu stoßen. Gurrletta schärfte ihre Augen. Kannte sie den wilden Jäger? Ja, es war zweifellos der Schlamminger Fred von der Hafensippe, der sich ab und an in der Altstadt herumtrieb.

An dem Giebel, auf den er so beharrlich zusteuerte, war in einen schmalen Fensterrahmen ein Nest gezwängt. Ein großes weißes Stoffstück, vermutlich ein menschliches Taschentuch, hing am Rand des Nestes. Offenbar wurde es von den Eigentümern als Bettzeug benutzt und sollte auslüften.

Plötzlich – Gurrletta traute ihren Augen nicht – verlor der Schlamminger Fred beim nächsten Anflug eine Kotportion, die gegen das weiße Tuch klatschte. Das war Absicht! Eindeutig! Der Schlamminger Fred schoss noch einmal nach oben und beschrieb eine Runde um den Platz. Beim erneuten Vorbeiflug prüfte er, ob seine Aktion erfolgreich verlaufen war. Er schien zufrieden zu sein; jedenfalls flatterte er vergnügt umher. Dann suchte er einen Landeplatz. Das lange Kreisen hatte ihm den Atem geraubt. Er setzte sich auf das Schneefanggitter bei Gurrletta. Erst jetzt hatte er Zeit, einen Blick auf seine unmittelbare Umgebung zu werfen.

„Grüß Gott, Herr Schlamminger", sagte Gurrletta.

Der Schlamminger Fred bekam einen dicken Kopf. Da er zu den frechsten Stadttauben gehörte, die Gurrletta kannte, wunderte sie das. Er hatte also auch aus seiner Sicht etwas Ungehöriges getan.

Die Reaktion steigerte Gurrlettas Neugierde. Um zu verhindern, dass er fortflog, ohne den Anlass für diese Tat zu verraten, bemerkte sie in sehr freundlichem Ton: „Wirklich eine tolle Leistung, Herr Schlamminger. Das schafft nicht jeder!"

Der Schlamminger Fred freute sich über das Lob. „Die haben sowas mal verdient!"

„Aha!", machte Gurrletta.

„Arrogante Eigenbrötler! Asozial durch und durch! Waren sich immer zu fein zum Brüten und regen sich über Kindergeschrei auf! "

Schlamminger hatte mit seiner Frau bereits eine beachtliche Zahl an Brutphasen bewältigt. Hier in der Altstadt streunte er stets alleine umher, aber im Hafen war er angeblich meist mit Jungtauben unterwegs. Er wurde als Fluglehrer geschätzt.

Gurrletta lächelte zu ihm hinüber, erkennbar wohlgesonnen, sodass er weitersprach.

„Neulich, Gurrletta, neulich, als überall so viele Regenpfützen waren, da habe ich mit meinen drei Jüngsten drüben bei der Nibelungenbrücke eine kleine Wasserrauferei gemacht. War echt lustig! Die zwei Dumpfvögel sind einen Meter weiter gehockt, faul wie Mülltonnen, und haben sich aufgeregt. Mittags sei Mittagsruhe, haben sie gekräht und haben nicht mit ihrem Geschnable aufgehört, bis wir weitergeflogen sind. Eins sag ich dir, Gurrletta, solche Leute würde ich am liebsten in eine Tiefgarage jagen, wo sie nicht mehr rausfinden!"

Schlamminger hatte sie mit „Gurrletta" angesprochen. Obwohl sie diese Vertraulichkeit nie genehmigt hatte, ignorierte Gurrletta sein Duzen. Sie wollte jetzt endlich den Namen der „Dumpfvögel" wissen. Ihr war der Nestbau hier am Haidplatz entgangen. „Kenne ich die?", fragte Gurrletta so arglos wie möglich.

„Garantiert!", schimpfte Schlamminger. „Lohberger oder Lochberger oder so ähnlich. Haben bis vor kurzem auf der Alten Kapelle gewohnt, halten aber das Orgelgedröhne nicht mehr aus."

Gurrletta nickte. Die Lachbergers kannte sie natürlich. Wirklich ein seltsames Paar!

„Wäre nett, wenn du mich nicht verpfeifst. Meine Schwiegermutter geht mit denen ab und zu spazieren", bat schließlich der Schlamminger Fred. „Ich weiß von einem Komposthaufen mit riesigen Regenwürmern. Da bring ich dir mal einen fürs Stillsein."

Gurrletta lächelte, bemüht ihren Ekel zu verbergen. „Gerne, bei Gelegenheit!" Sie wollte ihn nicht brüskieren und sein Angebot ausschlagen, doch sie wusste, dass sie einen Wurm aus seinem Schnabel niemals anrühren würde.

„Ich muss allmählich heim." Schlamminger streckte die Flügel. „Noch einen schönen Nachmittag!" Er flog davon.

Gurrletta machte es sich auf ihrem Schneefanggitter wieder so bequem, dass sie ins Dösen versinken konnte. Der dicke Mann vorm Café Kreuz war inzwischen von der Toilette zurück und hatte nichtsahnend von seinem Weißbier getrunken. Das Paar zahlte soeben. Gurrletta gurrte leise Donizetti-Melodien, die ihr ungeordnet in den Sinn kamen.

Ihre Gedanken hafteten jedoch an den Lachbergers. Erst letzte Woche war sie ihnen am Neupfarrplatz begegnet, am Karavan-Denkmal. „Was haben Sie doch für einen tollen Sonnenhut!", hatte Frau Lachberger gesagt. Ihre Worte klangen so penetrant freundlich, dass man sie nur als abfällig begreifen konnte. Gurrletta liebte ihren roten Sonnenhut und fand jede kritische Bemerkung unerträglich. „Der ist ja so groß wie ein Bierdeckel", hatte Frau Lachberger angefügt. Und Herr Lachberger meinte: „Und so rot wie Ketchup!" – „Aber sehr schön!", flötete Frau Lachberger beim Weitertappen.

Die Erinnerung raubte Gurrletta die Ruhe. Mit dem Dösen war es vorbei. Sie blickte auf den Platz und die Dächer. Der Moment schien günstig. Die wenigen Artgenossen, die sich in der Gegend aufhielten, schlichen zwischen den Beinen der Kaffeehaussitzer umher.

Sie flatterte also auf und steuerte zum Nest der Lachbergers, wiederholte Schlammingers Aktion, allerdings so ungeschickt, dass sie gründlich misslang. Ihr Häufchen verschwand in der Tiefe der Gasse. Aber beim Vorbeifliegen hatte sie den fetten Fleck auf dem weißen Tuch betrachten können. Das Werk Schlammingers!

„Das kann er einfach besser", dachte sie, als sie noch einen Kreis über den Haidplatz beschrieb. „Gut, dass es Leute wie den Schlamminger gibt!"

Dennoch befriedigt kehrte sie nachhause in ihren Patrizierturm.

Der Tote unter der Pommesbude

Zu den herausragenden Ereignissen im Leben der Regensburger Stadttauben zählen – wen könnte es überraschen? – die Mai- sowie die Herbstdult. Das, was die unzähligen Brezen- und Knackersemmelesser, die Eistütenschlecker, Popcornliebhaber und Pommesvernichter verlieren, landet auf dem Speisetisch Gurrletta Steinhöfls und ihrer Artgenossen; und es bleibt dort, bis es aufgepickt oder von der Straßenreinigung weggekehrt wird.

Obwohl Gurrletta die Musik, die mit metallischem Lärmen über die Lautsprecher verbreitet wird, abscheulich fand, trieben sie die Neugier und der Appetit auf ofenfrische Brezen zwei-, dreimal pro Saison auf das bunte Fest auf der anderen Donauseite. Bei den Freisitzen vor den Bierzelten hatte sie stets am meisten Glück. Um aber nicht die gefährliche Aufmerksamkeit der Kinder und Biertrinker auf sich zu ziehen, zwischen deren Beinen sie herumstreifen musste, ließ sie ihren roten Sonnenhut zuhause. Sie mischte sich als möglichst unscheinbares, gewöhnliches Federvieh unter die übrigen Stadttauben.

Einem schönen Zufall hatte sie es zu verdanken, dass auf der Maidult, an einem Montag, ein dickes Brezenstück unmittelbar neben ihr auf dem Boden aufschlug. Sie packte es und flatterte damit unter eine nahegelegene Pommesbude, die in einem Anhängerwagen eingerichtet war. Sie begann, genüsslich auf das Brezenstück einzupicken.

Doch plötzlich bemerkte sie einen Taubenkörper mit dunkler Halspartie und hellem Bauch, der ebenfalls unter dem Budenwagen lag. Er atmete nicht! Eilig hüpfte Gurrletta auf den Körper zu: Es war ein toter Taubenmann, in mittlerem Alter. Seine Augen waren seltsam verdreht. Ein entsetzlicher Anblick! Das war keine gewöhnliche Leiche!

Gurrletta sprang unter dem Wagen hervor und hielt Ausschau nach einem Artgenossen.

Hinter einem der Reifen, kaum sichtbar, döste Fritten-Kurt. Alle nannten ihn Fritten-Kurt, weil er sich fast ausschließlich von Pommes frites ernährte und daher nur vor McDonalds-Restaurants oder solchen Pommesbuden anzutreffen war.

„Haben Sie schon bemerkt", stammelte Gurrletta, „da liegt ein Toter!"

„Liegt seit gestern da. Haben die Straßenkehrer übersehen."

„Haben Sie die Angehörigen informiert?"

„Ich kenn den Typen nicht. Hat sich wohl überfressen. Gestern ist hier so viel herumgeworfen worden, dass das kein Wunder wär", murmelte Fritten-Kurt. Dabei rülpste er.

„War gestern was Besonderes?"

„Jeden Dultsonntag trifft sich hier die Schützengesellschaft zum Frühschoppen. Über dreißig Männer und Frauen. Was glauben Sie, was da los ist?!"

Gurrletta wollte mit Fritten-Kurt nicht weitersprechen. Von ihm erwartete sie keine brauchbaren Hinweise, geschweige denn Hilfe. Dafür war er zu träge. Ihr lag daran, dass der Tote identifiziert wurde. Also suchte sie nach Tauben, die ihn kannten.

Viele, die sie unter den Wagen führte, hatten ihn zwar schon einmal gesehen, wussten ihn aber nicht zuzuordnen. Niemand wollte sich weiter mit der Angelegenheit befassen. Es gab Wichtigeres auf der Dult zu tun. Manche waren auch von Bierresten betrunken und zu Auskünften gar nicht fähig.

Frau Königswinter, die Alkohol verabscheute und soeben eine Eiswaffel genossen hatte, erkannte ihn: „Das ist Fritz Kornpick aus Stadtamhof. Er macht Gedichte, die man nicht versteht. Seine Eltern wohnen am Andreasstadel." Sie meinte ebenfalls, nachdem sie die Leiche begutachtet hatte, er habe sich überfressen. Doch sie erzählte weiter: „Kein Wunder. Seine Frau ist ihm davongeflogen. Das hat er alles nicht verkraftet. Depression, Völlerei, Herzversagen. – Informieren Sie die Eltern, liebe Frau Steinhöfl, dann tun Sie ein gutes Werk, und er bekommt eine würdevolle Trauerfeier." Sie tappte davon.

Der Gedanke, der Tod von Fritz Kornpick könnte eine unnatürliche Ursache haben, ließ Gurrletta nicht los. Also betrachtete sie noch einmal die Leiche, die Augen des Toten. Dann suchte sie die Umgebung ab. Fritten-Kurt döste wieder und merkte nichts. An einem Reifen an der rückwärtigen Seite des Wagens, wo der Dultplatz an die Donauauen grenzt, entdeckte sie ein Lederband, wie es menschliche Teenager auf der Warendult gerne kaufen. Es lag so dicht am Radgummi, dass es kaum zu sehen war. „Womöglich wurde damit Herr Kornpick erdrosselt", dachte sie. „Daher vielleicht die verdrehten Augen!"

Gurrletta verließ die Stätte und flog zu einem tiefgrauen, fast schwarzen Täuberich, der auf einem Baum im

Eingangsbereich des Volksfestes hockte und beauftragt war, für die Einhaltung der öffentlichen Taubenordnung zu sorgen. Ihm erzählte sie ihre Entdeckung sowie ihren Verdacht.

„Wissen Sie, was hier los ist?!", antwortete der Täuberich voller Überdruss. „Da kann ich mich unmöglich um Leute kümmern, die sich überfressen haben! Vielleicht hat er was Giftiges erwischt. Sie glauben gar nicht, was die Menschen für Zeug fallen lassen; und unsere Leute schlingen den Dreck in ihrer Gier in sich hinein!" Er zuckte ratlos mit den Flügeln. „Wie soll man da helfen? Informieren Sie die Angehörigen! Das ist alles, was man tun kann!"

„Gurrletta erledigte also die traurige Pflicht. Die Eltern, von Trauer überwältigt, brachten nur hervor: „Das hat so kommen müssen!" Mehr konnte Gurrletta nicht in Erfahrung bringen.

Da Tauben bekanntlich keinen Beerdigungs- und Grabeskult pflegen, wurde die Leiche von Fritz Kornpick der städtischen Straßenreinigung überlassen.

Gurrletta nahm an der Trauerfeier teil, die am Ufer des nördlichen Donauarms, in unmittelbarer Nähe zum Andreasstadel, an einem verregneten Nachmittag stattfand. Die Trauerrede hielt Herr Obermüller, der ein großes Talent für derartige Ansprachen hatte; wenngleich er stets viel zu spät zum Ende fand.

Am Rande der stillen, schlecht besuchten Veranstaltung kam Gurrletta mit Frau Beinweber ins Gespräch. Diese lebte seit ihrer Geburt in Stadtamhof und wusste daher jede Menge über die Bewohner dieses Stadtteils jenseits der Steinernen Brücke – auch sehr Privates.

„Vor drei Wochen ist seine Frau auf tragische Weise verunglückt", flüsterte Frau Beinweber, während Herr Obermüller Gedichte von Fritz Kornpick rezitierte.

„Ich dachte, sie ist ihm fortgeflogen?"

„Beides. Claudia hatte ein Verhältnis mit einem unverbesserlichen Junggesellen. Ich weiß nur seinen Spitznamen: Bücher-Josef. Er soll in einem Geräteschuppen der Universitätsverwaltung wohnen, ganz in der Nähe der Psychologie-Bibliothek. Irgendwann ist Fritz Kornpick dahintergekommen und ist zur Uni geflogen, um sie in flagranti zu erwischen. Als er die beiden entdeckt hat, ist Claudia panisch losgeflattert und an eine Glasscheibe geknallt. Sie war sofort tot – das dumme Ding!"

Gurrlettas Gehirn ratterte. Dann meinte sie: „Ist die zeitliche Nähe der beiden Todesfälle nicht merkwürdig?"

Frau Beinweber überlegte ebenfalls: „Die ist in der Tat merkwürdig! Sicher, man kann spekulieren, Herr Kornpick ist nach dem Vorfall psychisch abgestürzt und hat jedes Maß verloren. Fresssucht und so weiter. Aber man kann auch einen anderen Schluss ziehen – da haben Sie schon Recht."

Gurrlettas Augen leuchteten: „Zum Beispiel, dass sich Fritz Kornpick und dieser Bücher-Josef auf der Dult begegnet sind!" Ein Schauer hatte sie erfasst. „Frau Beinweber", sagte sie weiter, „sind Sie bereit, mich an die Uni zu begleiten?"

Die Taubendame, etwa im gleichen Alter wie Gurrletta, nickte; nun ebenfalls in Spannung: „Ich bin bereit, Frau Steinhöfl! Einen gefährlichen Junggesellen besucht man als Dame nicht alleine!"

Die Universität von Regensburg wurde in den 1960er Jahren aus Beton und Glas erbaut. Graue Gebäudequader in unterschiedlichen Größen lagern entlang exakt vermessener Linien um den Campus sowie eine weite Grünfläche. Sie ist hässlich, im Laufe der Jahrzehnte morbide geworden – aber sie ist ein charismatischer Ort. Pulsierendes, vielfältiges Studentenleben vereinigt sich hier ganz selbstverständlich mit der akribischen Analyse und genialen Neubewertung von komplexen Fachgebieten.

Gurrletta Steinhöfl und Frau Beinweber fragten sich bei Unitauben durch, bis sie endlich vor einem kleinen, gedrungenen Betonhäuschen landeten. Auf der Rückseite, in einem Hohlraum unter dem Dach, sollte sich das Nest von Bücher-Josef befinden.

Sie trafen auf einen altersschwachen Täuberich. Dieser wunderte sich über den Besuch der beiden Damen. Er sei der Vater von Josef, erklärte er. Sein Sohn sei im Magazin der Unibibliothek, in das man nur über einen Entlüftungsschacht gelangen könne.

Die beiden Damen ließen sich den Einstieg zeigen, dann schlichen sie mit heftig klopfenden Herzen über ein schrägliegendes Rohr in die Tiefe. Sie gelangten in eine Halle. Hier drängten sich baumhohe Regalwände, vollgestopft mit Büchern.

Auf einem aufgeschlagenen Wälzer lag eine Taube, die konzentriert mit dem Schnabel über die Seiten strich.

„Sieht so ein Mörder aus?", fragte sich Gurrletta.

Bücher-Josef fuhr auf: „He, haben Sie mich erschreckt!"

„Entschuldigen Sie! Wir möchten Sie kurz stören", sagte Gurrletta. Sie versuchte, ihre Nervosität zu verbergen.

Bücher-Josef hörte interessiert zu.

Die Damen erzählten vom Leichenfund und sie offenbarten, was sie über den Tod von Claudia Kornpick wussten. Dann fragten sie unverblümt, wie er sich die zeitliche Nähe der beiden Vorfälle erklären könne! Dabei beobachteten sie Bücher-Josef wie durch eine Mikroskoplinse, um keine Reaktion zu übersehen, mit der er sich womöglich verriet.

Doch anstatt nervös mit den Flügeln oder Beinen zu zucken, wurde Bücher-Josef nun sehr traurig. „Sie glauben doch wohl nicht, dass *ich* Fritz Kornpick umgebracht habe!? Sicher haben Sie irgendwelche Gerüchteerzähler auf die alberne Idee gebracht, ich könnte ein Verhältnis mit Claudia gehabt haben. Ganz sicher hatte ich das nicht! Ich bin eher der Typ Taubenweibchenversteher als ein Lover."

Gurrletta und Frau Beinweber wechselten Blicke. Sie waren irritiert. Ohne Zweifel, wie ein Casanova sah er tatsächlich nicht aus!

Bücher-Josef fuhr fort: „Claudia war hochgradig unglücklich! Fritz Kornpick verlor, je länger sie verheiratet waren, den Bezug zur Realität. Er stritt mit Wetterhähnen und lief Spielzeugenten hinterher. Das ist inzwischen eine weitverbreitete Taubenkrankheit. Die Betroffenen können Tauben-Echtes und Mensch-Imitiertes nicht unterscheiden. Die wirren Zustände von Kornpick führten dazu, dass er Frau und Nest vernachlässigte und als Ehepartner untragbar wurde. Über eine gemeinsame Freundin kam Claudia zu mir, um sich Rat zu holen – nicht mehr und nicht weniger." Er schob ein Taschenbuch zu Gurrletta und Frau Beinweber. Der Titel lautete: „Genie und Wahnsinn". Kornpick sei ein genialer Dichter gewesen, aber leider auch eine sehr kranke Taube, schloss Bücher-Josef.

Gurrletta und Frau Beinweber waren verblüfft.

„Wo ist er gefunden worden?", fragte Bücher-Josef nun.

„Unter der Pommesbude beim Bierzelt", sagte Gurrletta.

Bücher-Josef dachte nach. „Da haben wir's schon!", rief er endlich. „Bestimmt an einem Montag!"

„Ja", bestätigte Frau Beinweber.

„Am Sonntag ist Dult-Frühschoppen der Schützengesellschaft."

„Ja, und?" Gurrletta wusste nichts damit zu kombinieren.

„Haben Sie schon mal die Spitze der Preisfahne der Schützengesellschaft gesehen? Sie nennen sich ‚Weiße Taube e.V.', und auf der Spitze der Fahnenstange sitzt eine Taube aus Holz, weiß wie Schnee."

Den Damen stockte der Atem.

„Bei sowas hat Kornpick regelmäßig den Verstand verloren!"

„Aber uns fehlt der Mörder!", warf Gurrletta ein.

„Am Sonntag ist wieder Frühschoppen!", rief Frau Beinweber feurig.

Gurrletta legte ihre Flügel auf die Rücken von Bücher-Josef und Frau Beinweber, dazu gurrte sie die Anfangstakte von Manricos Kampflied aus Verdis „Troubadour".

Auch Bücher-Josef war bereit: „Treffen wir uns am Sonntag bei der Pommesbude! Um elf!"

Um elf, als sich die drei bei der Pommesbude zusammenfanden, saßen nur etwa zehn Personen im reservierten Bereich vor dem Bierzelt. Die Preisfahne war noch nicht zu sehen. Nach und nach vergrößerte sich die Gruppe auf das Dreifache. Die Schützen in ihren traditionellen Trachten tranken Bier und bestellten Weißwürste. Und schließlich brachte ein stämmiger Bursche die Preisfahne. Auf der Spitze prangte ein anmutiges, schneeweißes Täubchen. Der Bursche lehnte die Fahne an einen Zeltmast und befestigte sie mit einem Seil.

Plötzlich schoss Fritten-Kurt hervor. Er musste hinter einer Abfalltonne gelauert haben. Wie wahnsinnig jagte er hinauf zur Holztaube. Da die Figur keine Reaktion zeigte, geriet er in Hysterie. Er wollte sich auf die Holztaube setzen, rutschte jedoch immer wieder ab.

Den drei Beobachtern bot sich zunächst ein albernes, allmählich aber besorgniserregendes Schauspiel.

„Aha, noch einer!", stellte Bücher-Josef trocken fest.

Gurrletta wusste plötzlich die Lösung: „Wenn zwei mit dieser Krankheit zusammentreffen ..." Sie musste nicht weitersprechen, die beiden anderen hatten die gleichen Gedanken.

„Jetzt spiele ich den Nebenbuhler!", rief Bücher-Josef mutig und flog zu Fritten-Kurt.

Dieser kreischte auf. Sein Flattern wurde zu panischem Prügeln. „Mir alleine gehört sie!", tobte er.

Beide sanken herab und balgten sich am Boden. Fritten-Kurt trieb den erheblich schmächtigeren Bücher-Josef unter die Pommesbude. Dort schnappte er sich den Lederriemen, der noch immer beim rückwärtigen Reifen lag. Er ließ ihn wie ein Lasso über seinem Kopf kreisen. Bedrohlich näherte er sich seinem Gegner. Dieser schrie um Hilfe. Er hatte die Kontrolle über seinen Selbstversuch verloren.

Gurrletta und Frau Beinweber hatten fassungslos zugesehen, aber jetzt griffen sie ein. Gurrletta packte eine herrenlose Plastikrose und attackierte damit Fritten-Kurt. Frau Beinweber zog einen leeren Eisbecher heran; den stülpte sie über seinen Kopf. Mit einem wilden Ausbruch befreite sich Fritten-Kurt aus der Beengung und floh zur Rückseite des Wagens. Dabei stolperte er über eine halbvolle Pommestüte. Sein Versuch, hoch in die Luft zu steigen, scheiterte. Durch die vielen Pommes, die er während der vergangenen Tage verschlungen hatte, war er fluguntüchtig geworden. Die drei konnten daher nochmals angreifen und seinen Kopf in den Eisbecher zwingen.

Das Gekreische, das bei der Auseinandersetzung entstanden war, hatte den Ordnungsdienst alarmiert. Zwei dunkelgraue, muskulöse Tauben landeten. Nach einer kurzen Erörterung des Sachverhaltes wurde Fritten-Kurt mitgenommen, also der Taubenjustiz zugeführt.

Bücher-Josef hatte inzwischen den Schreck, den ihm der Zweikampf eingejagt hatte, verdaut und seine Federn geordnet. „Der Mord dürfte geklärt sein!"

Die Damen nickten, und die drei bedauerten die tragische Lebensentwicklung von Fritten-Kurt.

„Schauen Sie!", lächelte Bücher-Josef schließlich charmant. „Da drüben liegt ein halber Krapfen!" Er deutete hinüber zur Kasse des Riesenrads. „Diese Belohnung haben wir uns jetzt verdient!"

Die Damen gurrten entspannt und spazierten mit Bücher-Josef los.

Der Prophezeite

In der Nacht war über Regensburg ein schweres Gewitter niedergegangen. Der Sturm hatte heftig an den Bäumen gerüttelt, auch an den Taubennestern, die in nur unzureichend geschützten Nischen steckten. Am Morgen war das regennasse Pflaster mit Blättern und kleinen Zweigen übersät. Unter den betroffenen Tauben herrschte Emsigkeit, denn die Statik und Befestigung der Nester musste überprüft und das Gefüge in Ordnung gebracht werden.

Die Nachricht, dass eine besonders kräftige Böe ein Nest an der Dominikanerkirche zu Boden gerissen hatte, mit ihm die gesamte Brut, erregte die Gemüter. Noch viel mehr aber die Nachricht, dass dieses Unglück als „Fingerzeig Gottes" bezeichnet und vorhergesagt worden war; nämlich von einer so genannten „Wandertaube", einer Frau namens Henriette Hänsel. Diese machte seit einer guten Woche Station in Regensburg, logierte bei einer betagten Taubendame in einem Speicher in der Silbernen Fischgasse und bot gegen hochwertige Futterportionen ihre Wahrsagerdienste an.

Gurrletta Steinhöfl hatte von ihr gehört, aber kein Interesse an dem Thema gefunden. Denn sie glaubte nicht an Wahrsagerei und meinte, für derartige Umtriebe unempfänglich zu sein. Sie lebte ja ein glückliches Leben und erwartete von der Zukunft nichts als schöne Tage inmitten ihrer Stadt und zur rechten Zeit ihren unvermeidlichen Tod. Dem sah sie mit aufgeklärter Gelassenheit entgegen.

Am Bismarckplatz, ganz in der Nähe der Unglücksstelle, traf sie auf ihrem Erkundungsrundgang auf einige Artgenossen, die aufgeregt über den entsetzlichen Sturm, die zerstörten Eier und auch über die Prophezeiung debattierten. Plötzlich beschlich Gurrletta eine diffuse Angst. Die Angst nämlich, die Zukunft könnte für sie eine Überraschung bereithalten, die sie sich gar nicht vorzustellen vermochte. Als sich eine unbekannte Taubendame damit brüstete, sie sei längst bei Henriette Hänsel gewesen und sähe jetzt „schlichtweg klarer", und die äußerst integre Frau Faltermeier kundtat, sie habe übermorgen einen Termin, fiel im Innersten von Gurrletta der Entschluss, ebenfalls den Dienst der Wahrsagerin in Anspruch zu nehmen. Mit dem Gedanken, es werde ja zumindest nicht schädlich sein, wollte sie sich am Boden ihrer diesseitsorientierten Weltsicht halten.

Eine knappe Woche später schlüpfte Gurrletta in den Speicher in der Silbernen Fischgasse. Als Zahlungsmittel hatte sie ein riesiges Croissant-Stück aus ihrer Lieblingsbäckerei besorgt.

Henriette Hänsel, eine vitale Taubenfrau in den besten Jahren, empfing sie mit fast banal anmutender Herzlichkeit – als sei Gurrletta lediglich erschienen, um sich die Füße pediküren zu lassen. Als aber Frau Hänsel schließlich ihre Flügel spannte und ihre orangenfarbenen Augen zu leuchten begannen, entstand jene mystische Atmosphäre, die Gurrletta erwartet hatte. Gurrletta musste nun den rechten Fuß auf ein Seidentuch stellen, Frau Hänsel beugte sich darüber und erglühte sogleich. „Warum sind sie eigentlich unverheiratet?", fragte sie.

„Es gibt so viele eingleisige Taubenmänner", antwortete Gurrletta verwirrt. „Zu denen hat es mich nie hingezogen. Und der Eine, Richtige ist nie in mein Leben geflogen."

„Noch nicht!"

Gurrletta wurde nervös. Wartete also wirklich das große Glück auf sie? Basierte ihr Gefühl, nichts zu vermissen, auf Selbsttäuschung?

Dann erforschte Frau Hänsel nochmals Gurrlettas Fuß. „An der Ulrichskirche werden Sie ihm begegnen!", verkündete sie mit fester Stimme. „Schon morgen um zehn Uhr. – Wenn Sie diese Chance verstreichen lassen, werden Sie den Rest Ihres Lebens an diesem Versäumnis leiden!"

„Es wird ja zumindest nicht schädlich sein", dachte Gurrletta, um sich weiter am Boden zu halten, und beschloss, den Spruch zu befolgen.

Dennoch saß sie am folgenden Morgen lange an der Luke vor ihrer Wohnung. Sie zögerte. Ihren roten Sonnenhut hatte sie im Inneren gelassen. Sie wollte – würde sie tatsächlich zur Ulrichskirche fliegen – so unscheinbar wie möglich wirken.

Wer wartete dort? Am Ende der neunmalkluge Herr Obermüller, der sich von seiner Frau trennen will. Oder der psychisch verwirrte Walter Sack? Wie sollte sie überhaupt erkennen, dass einer der Täuberiche, die sie dort antreffen würde, für sie, Gurrletta Steinhöfl, vorgesehen war?

Die Zeiger der Rathausuhr standen bereits auf fünf vor zehn. Jetzt plötzlich verdrängte sie alle Zweifelgedanken und eilte los. Sie wollte keinesfalls zu spät kommen.

Der Platz vor der Ulrichskirche, dem wuchtigen Sakralbau unmittelbar neben dem Dom, war überraschend taubenleer. Nicht eine einzige ging spazieren oder suchte in den Pflasterritzen nach Essbarem. Selbst auf dem Dach saß niemand.

Endlich landete ein Artgenosse auf einem Torpfosten. Gurrletta fuhr der Schreck in die Federn. Es war der Schlamminger Fred! Ausgerechnet der Schlamminger Fred! Dieser ungepflegte Herumtreiber! Schlimmer hätte es nicht kommen können! Sollte er wirklich der Vorherbestimmte sein, dann wollte sich Gurrletta gegen ihr Schicksal stellen! Gott sei Dank bemerkte er sie nicht und Gott sei Dank schoss er gleich wieder davon.

Dann hörte sie ein Flattern, direkt über sich, aber in großer Höhe. Sie blickte die Fassade empor und entdeckte einen Täuberich, der vor dem runden, gegliederten Fenster über dem Portal auf- und abstieg. Vermutlich hatte er bislang stillgesessen. Sein dunkles Gefieder hob sich kaum ab vom Gemäuer. Schließlich landete er auf dem Boden, einen Meter neben Gurrletta. Ihr Herz schlug heftig.

„Oh!", rief er. „Ich hoffe, ich habe Sie nicht erschreckt."

„Nein, nein", haspelte Gurrletta.

Der Herr in der zweiten Lebenshälfte machte einen äußerst sympathischen Eindruck, was ihren Blutdruck weiter anschwellen ließ.

„Ich habe mir nur das Rosenfenster etwas genauer angesehen. Sie müssen wissen, ich schwärme für Architekturgeschichte und befinde mich gerade in einer romanischen Phase. Die Ulrichskirche geht aber schon deutlich ins Frühgotische."

„Das ist ja interessant!", entfuhr es Gurrletta.

„Und welchen Stil schätzen Sie am meisten?"

„Den italienischen!" Etwas anderes viel ihr nicht ein.

„Den italienischen? Soso!"

„Ja ... ich ... weil meine Vorfahren, sie stammen aus Verona, und daher fühle ich mich diesem Stil besonders verbunden."

Der Mann schmunzelte. „Na, dann sind Sie ja in Regensburg gut aufgehoben. Aber das Italienische ist ja im eigentlichen Sinne kein Architekturstil."

„Ich bewohne einen Patrizierturm", erklärte Gurrletta. Sie hatte das Bedürfnis, ihren Wert deutlicher erkennbar zu machen. „Den Goldenen Turm!"

Der Mann fuhr unbeeindruckt fort. „Wissen Sie, am Romanischen liebe ich die klare, schlichte Linie. Es ist natürlich schwierig, ins Innere der Gebäude zu gelangen. Die Museumswärter und Mesner sind üble Taubenhasser. Aber sehen Sie doch das wundervolle, zweifach gestufte Westportal und die attisch profilierte Basis."

Gurrletta nickte beeindruckt. „Das Romanische ..., ja, das habe ich wohl bislang eher vernachlässigt."

„Da entgeht Ihnen Wesentliches! Gestern habe ich St. Emmeram besichtigt, jetzt wollte ich hinüber zur Jakobskirche."

„Wie schön!", schoss es aus Gurrletta.

Und jetzt sprach der Kunstsinnige tatsächlich den ersehnten Satz: „Kommen Sie doch mit!"

Gurrletta strahlte.

„Entschuldigen Sie, ich habe mich noch gar nicht vorgestellt: Ich heiße Martin Schade."

Sie wechselten also zur Jakobskirche. Das berühmte Schottenportal, das mit seinen vielen Steinfiguren nur unvollständig entschlüsselbare Geschichten erzählt, wird mit einem modernen, gläsernen Vorbau gegen Abgase geschützt. Gewollter Nebeneffekt dieses Gehäuses ist die Aussperrung aller Tauben. Doch Touristen, die in der Glastür verharren, während sie ihre Stadtführer oder Kameraeinstellungen studieren, sind den wissensdurstigen Federtieren ungewollt behilflich. So gelangten auch Gurrletta und Martin Schade unmittelbar vor das imposante Kunstdenkmal. Ausführlich erläuterte der Romanikfreund den Symbolgehalt der Darstellungen. Gurrletta hörte aufmerksam zu, warf aber immer wieder einen Blick auf den Herrn mit Reiseführer in der Glastür. Sie wollte mit ihrem Begleiter nicht eingeschlossen werden – auch wenn die Stimme der Wahrsagerin Henriette Hänsel in ihrem Kopf zu intimer Zweisamkeit riet. Als der Herr davonging und die Tür zuschlug, erschrak sie fürchterlich. Sie konnte ihr Unwohlsein nur mühsam verbergen. Dann jedoch, als Martin Schade zu Ende erklärt hatte, strömte eine Schulklasse in die Vorhalle, und die Lehrerin trieb die beiden Eindringlinge sofort auf menschentypisch unflätige Weise auf die Straße.

„Jetzt sind wir fit und voller Tatendrang für unser nächstes Objekt", sprach Schade. Gurrletta lauschte gespannt und fühlte sich geschmeichelt, dass der liebenswürdige Kunstfreund den Tag weiterhin mit ihr verbringen wollte. Er hatte also in ihr eine würdige Begleiterin entdeckt. „Burgruine Donaustauf!", verkündete er.

Gurrletta schluckte. Das bedeutete eine lange Flugstrecke. Aber sie wollte sich keine Blöße geben und ihre beschränkte Kondition zur Sprache bringen. Womöglich würde er sie dann stehenlassen.

Begeistert fuhr Martin Schade fort: „Aus den Resten lässt sich angeblich die zeitliche Nähe zur Entstehung von St. Emmeram deutlich ablesen."

Gurrletta hatte mit einem Fiasko gerechnet, doch sie war bald erstaunt, wie zuverlässig sie ihre Flügel weit in den Osten trugen.

Erschöpft, aber mit aufgetanktem Herzen landete sie auf dem Gemäuer der einst bischöflichen Burg; neben ihr Martin, mit dem sie sich inzwischen duzte. Sofort flatterte dieser zu den Resten der Kapelle, lotste Gurrletta an seine Seite und begann wiederum mit detailverliebten Erklärungen. Danach hüpfte er scheinbar ziellos durch die Ruine. Er wolle die Atmosphäre des Bauwerkes verinnerlichen, erklärte er.

„*Ein* Zeugnis der Romanik müssen wir heute noch schaffen", sprach er endlich. „St. Georg in Schloss Prüfening." Er ging offenbar ganz selbstverständlich davon aus, dass sich Gurrletta anschließen würde; jedenfalls hob er schwungvoll von einer Säule ab, ohne darauf zu achten, ob seine Begleiterin folgte.

Natürlich folgte Gurrletta. Sie wollte ja weder auf der Burgruine übernachten noch Martin aus den Augen verlieren. Und wenn sie schon den weiten Weg zurück nach Regensburg bewältigen musste, spielte es keine große Rolle mehr, auch noch bis Prüfening zu fliegen. Wenigstens sollte die Schlosskirche heute das letzte Ziel sein. Vom morgigen Tag hatte sie keine Vorstellung. Hat man seinen idealen Partner gefunden, ist die Frage nach dem „Morgen" müßig, weil sich eine glückliche Zukunft dann ja automatisch einstellt. Davon war Gurrletta überzeugt.

Martin Schade jubilierte, als sie vor der Kirche St. Georg im Hof des Prüfeninger Schlosses ankamen: „Das Tor ist offen! Wir können hinein!"

Gurrlettas Landung war eher ein Niederstürzen, denn ein kontrolliertes Aufsetzen. Die Besichtigungstour hatte all ihre Kräfte geraubt. Dass sie den romanischen Kirchenbau von innen kennenlernen durfte, versetzte sie kein bisschen in Begeisterung. Sogar ihre vorherige Furcht, dass sie mit Martin eingeschlossen werden könnte, blieb aus. Sie dachte und fühlte gar nichts mehr.

„Wir müssen zum Querschiff, unbedingt!", rief Martin, während er über die Schwelle sprang. Majestätisch wie der Bischof bei einem festlichen Einzug marschierte er auf dem Mittelgang Richtung Altar. Nach wenigen Metern erregten die Säulen des Bogenganges auf der rechten Seite seine Aufmerksamkeit. „Schau dir das an!"

Gurrletta mühte sich, Anschluss zu halten, und guckte mit kleinen Augen hinauf.

„Wahnsinn! Diese wundervoll gearbeiteten Säulen! Merk dir die Gestalt! Wir werden morgen die Emmeramskirche besichtigen und einen Vergleich mit den Stützen der Wolfgangskrypta anstellen. Wenn ich mich richtig erinnere, sind diese etwas schlanker, stehen aber auf erheblich breiteren Basen."

Gurrletta dachte nur noch an Schlaf.

Dann geschah es. Martin umflatterte gerade eine Säule, als das Eingangstor ins Schloss fiel. Nicht nur das: Der Schlüssel wurde umgedreht.

Martin reagierte gelassen: „Keine Panik, das ist mir schon öfter passiert. Am nächsten Morgen sperren diese ignoranten Mesner immer wieder auf!"

Gurrletta verzog sich sofort unter eine Sitzbank. Martin flatterte noch eine Weile umher. Als er wegen Dunkelheit keine architektonischen Besonderheiten mehr erkennen konnte, setzte er sich neben sie. Gurrletta wusste nicht, was sie hoffen sollte. Irgendwie wäre es ihr lieber gewesen, wenn er weiterdoziert hätte. Doch nun schwieg er, drängte sie sanft tiefer in eine Ecke und legte schließlich einen Flügel auf ihren Rücken. Sie hielt still, und Martin begann, leise von seiner Kindheit zu erzählen. Aber schon nach wenigen Sätzen verlor sich ihre Geistesgegenwart.

Die Morgensonne brachte eine Heiligenfigur zum Leuchten. Davon erwachte Gurrletta. Martin hatte irgendwann seinen Flügel eingezogen und schlief an ihrer Seite. „Seit ich ihn getroffen habe, ist keine Melodie durch meinen Kopf geflossen", dachte sie plötzlich. Sie horchte in sich hinein, und auch jetzt wollte keine italienische Opernarie erklingen. „Ich muss hier weg! Egal, was Henriette Hänsel prophezeit hat! Ich muss hier weg!" Sie kroch aus der Ecke unter der Sitzbank und lief zum Mittelgang. Auch beim Kirchentor war es hell. Der Mesner ließ bereits frische Morgenluft in den stickigen, romanikhaltigen Kirchenraum strömen. Gurrletta nahm Anlauf, und schon trugen sie ihre Flügel ins Freie.

Wenige Stunden später wartete sie auf einer Mauer im Vorhof von St. Emmeram. Voller Wehmut. Sie gurrte die Arie der Leonora aus Verdis „Die Macht des Schicksals", die diese kurz vor ihrem Eintritt ins Kloster singt.

Wie vermutet kam bald Martin Schade angeflogen. Gurrletta saß so versteckt, dass er sie nicht bemerken konnte. Noch einmal wollte sie ihn sehen. Würde er sie suchen, hier am nächsten Besichtigungsort? Und Gurrletta? Würde sie einen weiteren Tag mit ihm erleben wollen?

Martin Schade ging ungeduldig vor dem geschlossenen Kirchenportal auf und ab. Offenbar wartete er auf eine günstige Einstiegsgelegenheit. Er kam mit einer Taubenfrau ins Gespräch, die im Rasen nach Würmern Ausschau hielt. Gurrletta kannte sie: Rosi Schobermeister. Ein niveauloses Ding, wie Gurrletta fand. Als sich für einen Augenblick das Tor öffnete, hüpften beide ins Innere.

„Viel Spaß in der Wolfgangskrypta", spottete Gurrletta geschmerzt.

Jetzt konnte sie sich frei im Vorhof bewegen. Sie betrachtete die unzähligen Tafeln an den Mauern und traf dabei auf Herrn Eicher, einen äußerst seriösen, belesenen und verehelichten Taubenmann. Dieser kannte sämtliche Heiligenlegenden. Sie ließ sich die Lebensgeschichte und das Martyrium des Heiligen Emmeram erzählen.

Dann flog sie zum Kohlenmarkt. Am Brunnen saß ein Straßenmusikant mit einem Cello. Sie freute sich über sein wunderschönes Spiel. Lange, sehr lange hörte sie zu.

Gurrlettas dritter Schlüpftag

Schlüpftage, oder wie Menschen sagen: Geburtstage, haben für Tauben große Bedeutung. Da sie nicht recht alt werden, können sie nur wenige feiern.

Bald würde der 5. Juli sein – Gurrlettas dritter Schlüpftag. Im katholischen Bayern, also auch in Regensburg, wird der Namenstag oft gleichrangig, manchmal sogar höher bewertet. Da sich in den Heiligenlexika keine „Heilige Gurrletta" finden lässt, fehlte dieser Festtag in ihrem Jahreskreis. Umso mehr würde ihr dritter Schlüpftag etwas Herausragendes werden. Und sie musste sich endlich entscheiden, wie sie ihn begehen wollte.

Dieser Gedanke wanderte seit Wochen durch ihren Kopf. Auch in diesem Moment, als sie auf dem Balkon des Thon-Dittmer-Palais' saß und einen Jongleur und Feuerschlucker beobachtete. Sie ärgerte sich über ihre eigene Trägheit. Es war sonst nicht ihre Art, wichtige Planungen und Erledigungen vor sich her zu schieben. Vielleicht, so ihre Selbstanalyse, hatte sie ja Angst, der Festtag könnte gründlich misslingen. Oder es könnte ihr letzter werden. Oder noch schlimmer: Es könnte ihr letzter und gleichzeitig ein misslungener werden. Und mit dieser traurigen Erinnerung würde sie schließlich die Welt verlassen. Unwillkürlich gurrte sie die Arie der Violetta aus dem trostlosen dritten Akt der „La Traviata", die so genannte „Schwindsuchtsarie".

Frau Seibel landete neben ihr. Die Nachbarin war nur ein paar Monate jünger als Gurrletta. Offenbar hatte sie aus weiter Entfernung erkannt, dass Gurrletta an schlechter Stimmung litt. „Ist was passiert, Frau Steinhöfl?", fragte sie sofort.

„Ach, nein, nein", seufzte Gurrletta. „Ich habe nur nachgedacht."

„Das können aber keine erfreulichen Gedanken gewesen sein."

„Ich habe ein wenig Sorge, dass ich meinen Schlüpftag nicht so schön feiere, wie ich mir das erhoffe."

„Wollen Sie denn Gäste einladen?"

„Eigentlich schon ... Aber in welchem Rahmen?"

„Schlüpftage sind immer so eine Sache, Frau Steinhöfl, da haben Sie schon Recht! Erst neulich, die Feier von Herrn Sauerbier. Die endete in einer Konfusion. Wir haben mitten auf dem Rathausplatz Nussbeugerl gepickt und fröhliche Lieder gegurrt, und plötzlich kam eine grölende Hochzeitsgesellschaft aus dem Standesamt. Wir hörten unsere eigenen Lieder nicht mehr – und wurden schließlich sogar vertrieben!"

„Furchtbar! Wenn *mir* das passieren würde!", stöhnte Gurrletta.

„Wissen Sie was, Frau Steinhöfl? Wir treffen eine Vereinbarung. Ich helfe Ihnen, und Sie helfen mir im September!"

„Und ihr Mann?", entfuhr es Gurrletta.

„Ach! Der glotzt nur noch auf die Gäste vom Café gegenüber und bewegt keinen Flügel zu viel. Auf den kann ich mich nicht verlassen."

„Abgemacht!", sagte Gurrletta mit neuer Energie. „Wir Frauen müssen zusammenhalten!"

Frau Seibels Augen begannen zu glänzen. „Und ich weiß auch schon, wo wir ihn feiern!"

Die Nachbarin verfügte über ein großartiges Organisationstalent, zudem war sie eine ideenreiche Improvisateurin. Zunächst planten sie nämlich, die Gäste auf eine ungenutzte Dachterrasse in Haidplatz-Nähe zu laden; doch schließlich musste mit Regen gerechnet werden. Frau Seibel wusste, dass im obersten Stockwerk des Brückturm-Museums an der Steinernen Brücke kürzlich eine Fensterscheibe zu Bruch gegangen war. Gemeinsam gelang es ihnen, die Kartonabdeckung nach innen zu drücken und die Räumlichkeiten zugängig zu machen. Mit Werbeprospekten umwickelten sie die lästigen Taubenabwehrdrähte auf dem Fensterbrett, um sichere Landungen zu ermöglichen. Das Festtagsfutter besorgten sie vom Jazzweekend, das an diesem Wochenende auf den Plätzen der Altstadt für großen Andrang sorgte. Während die Jazzfreunde unter Regenschirmen mit den Rhythmen hin- und herwippten, konnten Gurrletta und Frau Seibel etliche Brezen, Waffeln und Bratwürste einsammeln und ins Museum schaffen. Schließlich wurde die Tür zu den Schauräumen von der Museumswärterin abgeschlossen. Der Turm stand nun uneingeschränkt und risikolos zur Verfügung.

Gurrletta, geschmückt mit ihrem roten Sonnenhut, setzte sich auf das Fensterbrett, markierte damit den Landeplatz und begrüßte die heranfliegenden Gäste.

Gurrlettas engster Verwandter war ihr Bruder Jakob. Aus seiner Ehe mit Agnes waren aber inzwischen jede

Menge Töchter und Söhne hervorgegangen, die wiederum geheiratet und Nestlinge in die Welt gesetzt hatten. So flatterte bald eine unüberschaubare Zahl an Tauben heran. Auch Mimi und Susi, die Roberto aus Verona so in Wallung gebracht hatten, waren mit dabei. Mimi hatte sich kürzlich mit einem Sänger verlobt, der einen Stapel Noten unterm rechten Flügel trug. Susi brachte eine Blockflöte mit. Zu den Besuchern zählten selbstverständlich auch der Ehemann von Frau Seibel, ferner Frau Beinweber, mit der Gurrletta Fritten-Kurt überführt hatte, sowie Herr Eicher mit Gattin, den Gurrletta wegen seiner Nacherzählungen der Heiligenlegenden schätzte. Außerdem Nachbarn sowie gute Bekannte, mit denen sie am Stammfutterplatz im Bischofshof regelmäßig vergnügliche und gehaltvolle Gespräche führte.

Als habe er von Gurrlettas Einladung gehört, hockte eine Weile der Schlamminger Fred vom Hafen auf dem Salzstadel und guckte herüber; doch Gurrletta konnte sich nicht überwinden, ihn hereinzubitten.

Nachdem sämtliche Gäste eingetroffen waren und Gurrletta endlich selbst durch das Fenster ins Innere schlüpfen konnte, herrschte in den Museumsräumen bereits munteres Treiben. Der Großteil der Gäste flatterte im obersten Stockwerk umher. Hier befand sich früher die Stube des Turmwärters, der die Stadt beobachten und Feuersbrünste melden musste. Andere waren nach unten gesprungen, um die Holzmodelle von Salzstadel und Steinerner Brücke zu bestaunen.

Schließlich versammelten sich alle ihre Lieben um Gurrletta, sodass sie eine kleine Festrede halten konnte.

Dabei kehrte die Wehmut zurück, die sie auf dem Balkon des Thon-Dittmer-Palais' befallen hatte. So schöne Augenblicke, wenn man sich geliebt und gefeiert fühlt, tragen stets eine traurige Note in sich. Wer weiß denn, wie sich die Dinge weiterentwickeln, was im nächsten Jahr passieren wird?

Als sich Gurrletta bei ihrer Rede in dieser Melancholie zu verstricken drohte, warf plötzlich Schwägerin Agnes ein: „Wir sind davon überzeugt, dein nächstes Jahr wird ein sehr glückliches sein. Und du bleibst uns noch lange und gesund erhalten!"

„Dann ist das Büffet nun endlich eröffnet!", rief Gurrletta gelöst, und die Gäste drängten zu den Speisen.

Später, zu einer Zeit, zu der die Regensburger Stadttauben gewöhnlich längst in ihren Nestern schlummern, erreichte das Fest mit den künstlerischen Einlagen seinen zweiten Höhepunkt. Herr Eicher rezitierte eine Ballade über das Leben des Heiligen Vinzenz von Valencia, dem Schutzpatron des Federviehs. Susi zog endlich ihre Blockflöte aus dem Etui und spielte eine furiose Tarantella. Jakob Steinhöfl erzählte Witze über Vögel und Menschen. Zum Abschluss des Programms boten Mimi und ihr Verlobter das große Liebesduett aus „La Bohème". Susi imitierte mit ihrer Blockflöte hochsensibel das Orchester. Gurrletta genoss den Vortrag. Die Begabung ihrer Mutter Renata Scottini war an deren Enkel weitergegeben worden und blieb somit der Taubenwelt erhalten.

Auf der Steinernen Brücke trafen sich irgendwann nach Mitternacht drei Musiker des Jazzweekends, die offenbar noch nicht nach Hause gehen wollten. Der Regen hatte aufgehört, sodass eine Jamsession in der Luft lag. Im Nu waren sie von einer Schar von Nachtschwärmern umringt. Die Leute sangen und tanzten, applaudierten mit Gejohle.

In der Türmerstube hüpften und flatterten gleichzeitig Gurrletta und ihre Gäste. Erst als sich die Straßenmusiker heimwärts trollten, brachen auch die Tauben auf. Übernachten wollte niemand, denn es war gewiss besser, morgen nicht von der Museumswärterin geweckt und für den Zustand der Museumsräume zur Rechenschaft gezogen zu werden.

Gurrletta war, als sie nachhause kam, so aufgekratzt, dass sie ihre Müdigkeit gar nicht bemerkte. Es war ein herrliches Fest geworden, und sie wollte es bis zum Rest ihres Lebens in Erinnerung behalten. Jawohl! Sie musste gut auf sich aufpassen! Ihr größter Wunsch: Ihren vierten Schlüpftag bei bester Gesundheit feiern! Also: Nur tadelloses Futter aufpicken, regelmäßig Arien singen, täglich einmal die Altstadt umrunden und riesigen Abstand zu den Reifen der Stadtbusse halten.

Die Einladung nach Verona

Erst am Morgen nach der Schlüpftagsfeier fand Gurrletta Zeit, nach der Post zu sehen. Tatsächlich hatte die Brieftaube in die Mauerritze neben der Turmluke ein Kuvert gesteckt: einen Brief von der alten Tante Silvana aus Verona, der Mutter von Cousin Roberto.

„Liebste Gurrletta", schrieb sie, „herzliche Glückwünsche zum Schlüpftag! Wann kommst du uns endlich mal besuchen? In der Arena wird Verdi gespielt: ‚Aida', ‚La Traviata'. Es gibt eine günstige Mitfahrgelegenheit! Nächste Woche fährt unser Geigenbaumeister nach Regensburg. Du könntest mit ihm ganz bequem nach Verona reisen und für eine Woche bleiben. Dann wird er noch einmal nach Regensburg fahren und kann dich wieder mitnehmen. Er wartet am Sonntag beim Zwölfuhrläuten am Kornmarkt beim Herzogshof. Bitte trau dich! Deine Tante Silvana"

„Bitte trau dich!" Diese Worte hallten wie schwerer Donner nach einem heftigen Blitz.

Gurrletta faltete den Brief zusammen und blickte hinüber zum Rathausturm. Jahrhundertealt und mächtig ragte er aus der Dächerlandschaft, ein Zeugnis für den unbezwingbaren Bestand der Stadt und ein Beobachter ihrer bewegten Geschichte. Er wirkte, als wolle er sie, Gurrletta, festhalten. „Und trotzdem!", dachte sie entschlossen. „Jetzt bin ich noch gesund. Und ich muss einmal in meinem Leben die Stadt meiner Mutter besucht, muss einmal die ‚Aida' in der

Arena gesehen und selbst in der Arena gesungen haben."
Gurrletta war pathetisch geworden. Die Erinnerung an das
Fest und der Beschluss, eine weite Reise zu ihren Wurzeln
zu wagen, brachten in ihrem Herzen tausend Melodien zum
Erklingen. Sie flog euphorisch empor, so hoch wie schon
lange nicht mehr, und beschrieb einen großen Kreis: über
die Donau nach Stadtamhof, entlang der Pfaffensteiner
Brücke, über den Stadtpark und das Fürstliche Schloss von
Thurn und Taxis bis zur Alten Kapelle am Kornmarkt. Sie
landete auf dem First und sah hinüber zum Herzogshof, wo
ihre Reise nächsten Sonntag beginnen sollte.

Weit unterhalb saß der Maler Willibald Siebenflügel,
der vor ein paar Wochen bei der Diskussion am Denkmal so
leidenschaftlich für König Ludwig I. eingetreten war. Er
zeichnete auf einen Block ein Bildnis der Alten Kapelle.
Um freie Füße zu haben, lehnte er sich gegen das Schneefanggitter.

Gurrletta verspürte das Bedürfnis zu reden und flatterte
zu ihm. Jetzt konnte sie auch einen Blick auf den Zeichen-
block werfen. Herr Siebenflügel skizzierte den Herzogshof,
meisterhaft. Gerade bildete er den kleinen Erker nach, welcher den vorgelagerten Gebäudeteil charakterisiert.

Willibald Siebenflügel blickte auf. „Ah, Frau Steinhöfl,
das ist ja nett, dass wir uns mal wieder sehen!"

„Großartig, wie Sie zeichnen können! Entschuldigen
Sie, dass ich so neugierig bin."

„Kein Problem, Frau Steinhöfl! Wenn ich den Herzogshof betrachte, spüre ich das Herz Regensburgs schlagen.
Wir haben es hier mit einem unglaublich geschichtsträch-
tigen Bauwerk zu tun. Die Agilolfinger haben hier residiert.

Und es gilt als wichtigste Pfalz von ganz Süddeutschland von Kaiser Karl dem Großen! Bedeutender geht es nicht!"

Gurrletta nickte beeindruckt. „Wirklich großartig!" Doch dann fragte sie sofort: „Waren Sie schon mal in Verona? Wissen Sie, ich besuche dort nächste Woche meine Tante."

„Ich habe von Verona gehört!", antwortete Herr Siebenflügel. „Gewiss eine beeindruckende Stadt. Auch kunsthistorisch interessant!"

„Es gibt dort die berühmte Arena, wo im Sommer Opernfestspiele stattfinden."

„Jaja, ich erinnere mich."

„Verona ist eine Festspielstadt."

„In Regensburg gibt es auch jede Menge Festspiele. Schlossfestspiele, Tage Alter Musik, das Jazzweekend."

„Verona, das kenne ich auch!", piepste es plötzlich. Rosi Schobermeister war gelandet und mischte sich ein.

„Ausgerechnet Rosi Schobermeister! Die will Verona kennen!", dachte Gurrletta hochschnabelig. Gurrletta ärgerte sich sowohl über ihre Anmaßung als auch über die Dreistigkeit, das Gespräch zwischen ihr und Willibald Siebenflügel zu stören. „Woher wollen denn Sie Verona kennen?", entfuhr es Gurrletta spitz.

„Ich weiß nicht genau. Aber kürzlich habe ich ‚Verona‘ wo gelesen oder gehört."

„‚Romeo und Julia‘ spielt in Verona", sagte Herr Siebenflügel, um Rosi Schobermeister beim Nachdenken behilflich zu sein.

„Nein, nein, es hatte nichts mit Fußball zu tun, auch nichts mit Frauenfußball."

Gurrletta lachte innerlich.

„Aber mit einem Buch!" Rosi Schobermeister schwang erfreut die Flügel. „Ich hab's! Vor ein paar Tagen lag ein Mann auf einer Decke auf der Jahninsel und hat in einem Buch gelesen. Weil er so traurig dreinsah, bekam ich Mitleid und wollte wissen, was er da las. Ich hüpfte näher ran und konnte den Titel lesen: ‚Tod in Verona', hat er geheißen."

Gurrletta fuhr ein heißer Schreck in die Glieder. Aber sie wollte sich nichts anmerken lassen. Sie plauderte also noch eine Weile mit Herrn Siebenflügel und Rosi Schobermeister, die einfach nicht wegfliegen wollte. Nach einer unverräterischen Zeitspanne nahm sie Abschied.

Wenig später saß sie wieder an ihrer Einflugluke. Ihr Blick wanderte über die Dächer. „Trotzdem!", sagte sie. „Trotzdem! Ich will Verona einmal in meinem Leben gesehen haben!"

Am folgenden Sonntag verharrte sie auf der Dachrinne des Herzogshofs, unmittelbar neben dem Erker, den Siebenflügel gezeichnet hatte. Die Kirchenglocken verkündeten die Mittagsstunde.

Unten auf dem Parkplatz hielt der alte, kleine Fiat-Lieferwagen, mit dem vor ein paar Monaten Roberto abgereist war. Er trug die Aufschrift „Matteo Grazzini, Il Liutaio, Verona". Ein zierlicher Herr um die Sechzig kletterte heraus und öffnete die Flügeltüren auf der Heckseite. Er wartete, schlüpfte aus dem Jackett und legte es auf den Beifahrersitz. Dann rauchte er eine Zigarette.

„Jetzt muss ich endlich in den Wagen fliegen", dachte Gurrletta. „Ich will doch Verona sehen! ‚Tod in Verona', so ein Unsinn!" Sie kratzte mit dem Schnabel an der Regenrinne – so nervös war sie nun.

Gurrletta spürte plötzlich, dass Regensburg ein wesentlicher Teil ihrer Persönlichkeit geworden war. Und wie alle Regensburger plagte auch sie zwangsläufig die Angst, sie könnte außerhalb dieser Stadt auf seltsame Weise verloren gehen; oder Regensburg könnte während der Reise auf ebenso seltsame Weise abhandenkommen.

„Trotzdem!", beschloss sie, ohne sich zu bewegen.

Sie erinnerte sich daran, dass sie Frau Seibel versprochen hatte, ihr bei den Schlüpftagvorbereitungen im September zu helfen. „Mein Versprechen darf ich nicht gefährden. Das bin ich Frau Seibel schuldig!" Gurrletta lächelte erleichtert. Das Wichtigste war ihr im letzten Moment eingefallen. Sie würde also bleiben – musste bleiben!

Herr Grazzini zertrat den Rest seiner Zigarette. Das Zwölfuhrläuten war längst zu Ende. Er schloss die Hecktüren, stieg in seinen Lieferwagen und fuhr davon.

Hitzelähmung

Gurrletta wusste nicht mehr, warum sie ausgerechnet hier gelandet war. Sie hatte kein bestimmtes Ziel gehabt. Die Dachkammer im Goldenen Turm hatte sich unerträglich aufgeheizt. Allenfalls in den Nachtstunden war es dort auszuhalten. Vielleicht hatte Gurrletta daher ein wenig an der Donau spazieren gehen wollen, wo eine leichte Brise ging; vielleicht auch im kühlen Domgarten. Jedenfalls hatte sie die kurze Flugstrecke nicht geschafft und einen schattigen Platz auf einem Balkon am Kohlenmarkt angesteuert. Nun döste sie vor sich hin, ein paar Takte schwüler Puccini-Melodien schleppten sich durch ihren Kopf. Ihr roter Sonnenhut vermittelte ihr das Gefühl, sie tue das Taubenmögliche gegen die Naturgewalt. Gelegentlich warf sie einen apathischen Blick auf den Brunnen fünf Meter unter ihr sowie auf die Menschen vor den Straßencafés. Zu größerer Aktivität war sie nicht fähig.

Hochsommer in Regensburg. Das historische Pflaster glühte, die Hitze herrschte über die Gassen. Die Inhaber der Boutiquen lugten hin und wieder gelangweilt aus ihren Türen. An diesem Nachmittag gab es keine Kunden, nur eilige Postboten und verschwitzte Fahrer von Lastwagen, die von Lieferscheinen gezwungen wurden, in diesem Backofen Kartons herumzutragen; außerdem einige Gruppen von zähen Touristen, die sich von ihren Fremdenführern von einer Sehenswürdigkeit zur nächsten treiben ließen. Nur vor den Caféhäusern saßen Kunden; so viele, wie Plätze unter Sonnenschirmen vorhanden waren. Sie tranken lediglich Cappuccino, Espresso oder Wasser und aßen allenfalls Salate oder Eis. Mit einer Ausnahme: Vor einem Restaurant hockte ein sehr dicker Mann mit Baseballmütze, der eine Pizza verschlang.

Gurrletta beobachtete ihn eine Weile. Als er ein halbes Glas Weißbier in sich hineinschüttete, bemerkte sie, dass sie ebenfalls Durst hatte.

Der Brunnen am Kohlenmarkt, lauschig umrahmt von vier Kaiserlinden, spielt mit Korallen- und Muschelformen. Er gießt sein Wasser aus der Mittelsäule in ein breites Becken; von dort läuft es in vier tellergroße Aushöhlungen im Unterbau. Diese sind für alle Arten von Lebewesen gut erreichbar. Vögel können darin baden, Hunde saufen und menschliche Eis-Esser klebrige Hände waschen. Erfolgreich verlocken sie auch Kleinkinder zum Spritzen und Plantschen.

Gerade waren ein Mädchen und ein Junge dabei, Spielzeugfiguren durch das Wasser zu ziehen und Fangspiele rund um die Brunnenanlage zu veranstalten. Ein Hinabflattern war für Gurrletta unmöglich. Spielende Kinder sind für Tauben so bedrohlich wie für Menschen eine Horde von King-Kong-Gorillas. Außerdem war bereits der Gedanke, die Flügel zu bewegen und fünf Meter zu fliegen, unerträglich. Das Leiden an Durst empfand Gurrletta als das kleinere Übel.

Sie versuchte, sich abzulenken. Um sich nicht abends, beim Zu-Nest-Gehen, vorwerfen zu müssen, sie habe den

Tag vertrödelt, wollte Gurrletta die Menschen beobachten und studieren. Sie zwang sich, die Augen offen zu halten.

Den Dicken mit der Pizza hatte sie vorhin schon betrachtet. Am Nachbartisch verspeisten zwei ältere Damen gigantische Eisbecher. An den Stühlen lehnten prall gefüllte Einkaufstüten. Die beiden gehörten also zu den wenigen, die sich für ein paar lustvolle Shopping-Augenblicke in ein klimatisiertes Kaufhaus geflüchtet hatten und nun erfrischt genug waren, die Temperatur auf dem Kohlenmarkt auszuhalten. Gurrlettas Blick wanderte weiter zu einer Gruppe von Touristen. Es handelte sich eindeutig um Amerikaner, denn sie waren allesamt mit poppigen T-Shirts bekleidet. Ihre Shorts verdeckten viel zu wenig von ihren bläulichweißen Beinen. Gleich daneben fütterte ein Jugendlicher seine Freundin mit Eis. Er drängte sich an sie heran, und sie genoss die süße Leckerei und seine Nähe. Sie trug ein äußerst knappes Oberteil, fand Gurrletta. Wäre sie ein Mensch geworden, würde sie sich nicht so freizügig auf die Straße setzen. Drei Tische daneben schlürften zwei jüngere Frauen aus ihren Cappuccino-Tassen; die Mütter der Kinder, die noch immer am Brunnen tobten. Die Frauen machten keine Anstalten, die Kleinen herbeizuholen, sodass für Gurrletta ein Flug zum Wasser weiterhin unmöglich blieb.

Jetzt sank ein Mann in schwarzem T-Shirt und dunkelgrüner kurzer Hose auf einen der Schattenplätze. Er mochte um die fünfzig sein. Von seinem Gesicht konnte Gurrletta nichts sehen, weil er ihr den Rücken zuwandte. Nur wenn er den Kopf etwas drehte, war eine randlose Brille zu erkennen. Er holte einen Schreibblock aus einer Tasche, und bald richtete sich sein braunhaariger Kopf auf das weiße

Papier. Er litt offenbar an Ideenlosigkeit, denn seine rechte Hand spielte verlegen mit dem Filzstift, anstatt ihn über das Blatt zu führen.

„Mir würde bei dieser Hitze auch nichts einfallen", stöhnte Gurrletta. „Worüber möchte er wohl schreiben?", überlegte sie weiter. Ob irgendwann jemand sie, Gurrletta Steinhöfl, zur Hauptakteurin einer Geschichte machen würde? Gurrletta gefiel plötzlich dieser Gedanke. Immerhin war sie ja keine gewöhnliche Taube – wie so manch andere ihrer vielen Bekannten und Nachbarn und sonstigen Art-genossen, die Regensburg bevölkern. Sie stammte schließ-lich aus Italien, zumindest zur Hälfte. Ihre Mutter Renata Scottini war eine berühmte Taubensängerin in Verona ge-wesen! Die andere Hälfte Gurrlettas entsprang einer an-gesehenen einheimischen Regensburger Familie. Ludwig Steinhöfl war ein preisgekrönter Flugsportler gewesen! Weil Gurrletta auch sonst nicht zu den Dümmsten gehörte, beispielsweise von ihrer Mutter ein breites Repertoire an italienischer Opernmusik erlernt hatte, so dachte Gurrletta, sei sie ja wohl würdig genug, Gegenstand eines litera-rischen Werks zu werden. Sie warf einen auffordernden Blick hinunter zu dem Mann mit dem leeren Schreibblock. Aber sie konnte den Mann verstehen: Bei dieser Hitze würde ihr ja ebenfalls nichts einfallen.

Sie wiederholte sich. In der Sommerhitze passieren keine Geschichten, und man kann offenbar auch keine schreiben. Erst im Spätsommer, wenn am Dultplatz das Riesenrad aufgebaut wird, oder der „Tag des offenen Denk-mals" die Menschen und Tauben in die historischen Ge-bäude lockt, erwacht die Stadt aus ihrer Betäubung.

Die schwere Melodie der Sehnsuchtsarie der Madame Butterfly erdrückte Gurrletta, und sie verfiel erneut in dumpfes Dösen.

Ihre Tante Silvana hatte sie vor wenigen Wochen nach Verona eingeladen. Daran erinnerte sie sich nach einer Weile. Ein Geigenbaumeister hätte als Chauffeur zur Verfügung gestanden. Oh ja, es war richtig gewesen, hier zu bleiben. In Verona wäre es jetzt gewiss noch heißer! Aber dieses Argument war nur ein durchsichtiger Versuch, die Entscheidung im Nachhinein zu rechtfertigen. Gurrletta war ehrlich zu sich selbst. In Wahrheit hielt sie ihre Trägheit, ja, ihre Feigheit von dieser Reise ab. Nein, sie gehörte im Grunde zu den langweiligsten Federtieren, die sich in Regensburg herumtrieben und die historische Bausubstanz beschmutzten. Kein Wunder, dass der Schriftsteller im Straßencafé nichts über sie schreiben konnte.

Der Mann hatte unterdessen einen Eiskaffee bestellt. Eine bildhübsche, schokoladenbraune Bedienung servierte ihm gerade die aufputschende Köstlichkeit. Er schaufelte das Eis in sich hinein, saugte am Strohhalm, ließ seinen Blick über den Platz schweifen, als hoffe er, eine Inspiration würde ihn anfallen. Aber er schaute in die falsche Richtung und so konnte er Gurrletta auf ihrem Balkon, trotz des roten Sonnenhutes, nicht bemerken.

Die Mütter zahlten und brachen auf. Beim Weggehen sammelten sie das Spielzeug ein, welches die Kinder in die tiefliegenden Brunnenbecken geworfen hatten. Dann trieben sie die beiden davon.

Der Brunnen war jetzt also kinderfrei. Gurrletta hätte zum Wasser flattern und ihren Durst stillen können. Doch mit dem Gedanken, die Distanz durch körperliche Anstrengung zu überwinden, wollte sie sich noch immer nicht anfreunden. Folglich blieb sie auf ihrem Platz hocken.

Sie belächelte die amerikanischen Touristen. Die Sonne war ein wenig weitergewandert, die Schatten unter den Schirmen hatten sich verschoben. Einige der Touristen wurden nun unbarmherzig gegrillt. Sie waren pausenlos damit beschäftigt, den Schweiß von ihren Köpfen zu wischen. Der Balkon hingegen war so günstig ausgerichtet, dass Gurrletta die Bewegung der Sonne nicht gefährlich werden konnte. Es gibt in Regensburg kühle Innenhöfe, in denen ebenfalls Kaffee ausgeschenkt wird, außerdem jede Menge Biergärten. Aber solche Oasen kennen Touristen, die nur die wichtigsten Baudenkmäler abhaken, natürlich nicht! Sie als Einheimische war eindeutig im Vorteil!

Doch ein junger Kellner, ein sportlicher Typ mit Dreitagebart, versorgte die Gruppe mit freundlicher Geste unentwegt mit Cola und Apfelsaft. Kein junger, sportlicher Typ kam auf den Gedanken, auf den Balkon zu klettern und Wasser zu bringen. Gurrletta seufzte. Sie hätte in den Herzogspark fliegen oder den alten Herrn Mamminger im Park von Schloss Thurn und Taxis besuchen sollen. Dort hätte sie in staubfreier, grüner Luft erfrischend durchatmen können. Auch als Ente wäre das Leben angenehmer. Wenn es über dem Wasserspiegel zu heiß würde, könnte sie einfach den Kopf in die Tiefe tauchen. Diese Möglichkeit hatte ihr die Natur versagt.

„Jetzt ist gewiss die richtige Zeit, über das eigene Leben nachzusinnen. Im Hochsommer gibt es weniger Störungen, und das reflektierende Individuum kann an gewichtigen

Überlegungen dranbleiben", dachte sie. Doch eigentlich war sie mit allem zufrieden, außer dass sich ihre Behausung aufgeheizt hatte. An ihrer Entscheidung, Single zu bleiben, wollte sie nicht rütteln. Also waren alle Aspekte durchdacht, und sie konnte endlich wieder in ihr themaloses Dösen verfallen.

Sie schreckte auf. Der Mann mit dem Schreibblock zahlte bei der schokoladenbraunen Bedienung. Das erste Blatt seines Blocks strahlte nach wie vor weiß. Er schob seine Schreibutensilien in seine Tasche, schließlich stand er auf. Er ging am Brunnen vorbei, dabei warf er einen kurzen Blick hinauf zum Balkon.

Gurrletta zuckte zusammen. Er hatte sie gesehen!

Der Mann mit dem Schreibblock bog in die Untere Bachgasse.

„Vielleicht fällt ihm im Spätsommer etwas über mich ein. Vielleicht hat er ja auch schon im Frühjahr etwas über mich geschrieben!" Der Gedanke wühlte Gurrletta auf, und es dauerte lange, bis sie sich beruhigte.

Der Durst quälte sie nach wie vor, aber sie war zu kraftlos, um zum Wasser zu fliegen. „Wenn es kühler wird, dann werde ich wieder aktiv!" Diesen Beschluss rang sie sich ab. Man muss auf kühlere Tage warten.

Sie sang im Geiste eine Melodie von Puccini. Nach drei Takten döste sie erneut ein.

Bayerisch ist trendy

Drüben auf der anderen Donauseite drehte sich das bunt leuchtende Riesenrad. Der stampfende Rhythmus der Bierzelt-Hits drang bis in die Altstadt. Die Dult hatte begonnen, der Spätsommer war da, Regensburg erwachte.

Gurrletta saß seit Stunden auf dem Giebel der Oswaldkirche und beobachtete die Menschen auf dem Eisernen Steg. Die einen drängte es zur Dult. Kinder zogen an den Armen der Eltern oder sprangen weit voraus. Radler fuhren durch die Fußgänger Slalom. Die anderen gingen heimwärts. Sie waren behängt mit Lebkuchenherzen, schleckten an Eistüten, hielten Luftballons in den Händen, stapften lachend und mit schweren Schritten dahin. Viele der Dultbesucher trugen Dirndl und Jacken mit Lederhosen sowie Jägerhüte. Die meisten Trachten fand Gurrletta geschmackvoll. Es gefiel ihr, wie stark sich auch junge Leute für traditionelle Kleidung begeistern konnten. Manche Trachten waren jedoch abgewandelt und so ins Groteske verzerrt, dass sich Gurrletta vor Grausen schütteln musste.

Einen Meter neben Gurrletta pausierte Frau Schröpf. Gurrletta kannte sie von Spaziergängen am Neupfarrplatz und in der Residenzstraße. In ihrem Blick, der ebenfalls auf die Dultbesucher gerichtet war, glaubte Gurrletta einen Wunsch zu entdecken.

„Fliegen Sie auch mal hinüber?", fragte Gurrletta, um ihrem Verdacht nachzugehen.

Frau Schröpf tappte heran und setzte sich an Gurrlettas Seite. „Ach", seufzte sie, „mein Walter ist ein arger Nesthocker geworden. Mit dem komme ich nirgends mehr hin. Und wenn ich alleine was unternehme, wird er sofort eifersüchtig."

„Sie dürfen sich nicht einsperren lassen, Frau Schröpf! Dafür ist das Leben zu kurz!"

Frau Schröpf seufzte nochmals, schwer und ratlos.

„Ihr Mann muss ja nicht alles wissen. Und außerdem: Wenn Sie mit einer Bekannten einen Ausflug machen, kann er doch nichts dagegen haben!"

Frau Schröpf war irritiert. „Und Sie? Fliegen Sie hinüber?"

„Ich bin keine begeisterte Dultgängerin", antwortete Gurrletta. „Die Musik ist mir zu laut. Aber man findet abwechslungsreiches Futter, ofenfrische Brezen. Und manchmal trifft man auch nette Leute. – Kommen Sie doch mit!", fügte Gurrletta hinzu.

Frau Schröpf flatterte aufgeregt mit den Flügeln. „Ja ... also ... Wenn Sie meinem Mann nichts davon sagen ..."

Wenig später landeten die beiden Damen vor einem der Bierzelte. Hier war die Chance, Brezen- und Semmelstücke zu finden, besonders groß. Frau Schröpf hüpfte zunächst hektisch hin und her, um sich einen Eindruck von der lärmenden und flackernden Umgebung zu machen. Sie sei zuletzt als junges Mädchen auf der Dult gewesen, erzählte sie. Schließlich entdeckten sie neben einer Schießbude ein Häufchen Popcorn. Ein Taubenpärchen fuhr bereits mit den

Schnäbeln in die knirschende Masse. Die beiden waren geschmückt mit auffälligen Accessoires: Sie hatte um den Hals blaue und weiße Bänder geschlungen, er hingegen trug auf dem Kopf einen Kronkorken mit weiß-blauem Rautenmuster. Gurrletta fand die Maskerade albern.

Als sich Gurrletta und Frau Schröpf dem Popcorn-Häufchen näherten, begannen die beiden zu lachen.

„Mann, ihr seid aber langweilig!", gluckste der Typ mit dem Kronkorken.

Die Taubenfrau mit den Bändern setzte hinzu: „So, wie man sich Nesthocker vorstellt! Die kommen nur auf die Dult, um sich den Bauch vollzuschlagen. Echte Prolls eben!"

Gurrletta und Frau Schröpf ignorierten stolz die Bemerkungen und drängten sich ans Popcorn. Das Pärchen überließ ihnen den Fund und spazierte kichernd davon.

Gurrletta und Frau Schröpf zupften sich nur ein paar Happen aus der weißbraunen Speise. Es lag genug herum, also wollten sie sich noch Hunger für weitere Köstlichkeiten aufheben.

Doch die bissigen Kommentare hatten ihnen die Laune verdorben. Und offenbar waren sie nicht ohne Hintergrund abgegeben worden. Gurrletta und Frau Schröpf trafen nämlich auf ihrem Rundgang ausschließlich auf Tauben, die mit weiß-blauen Dingen behängt oder bedeckt waren: Stoffreste, Abgerissenes von Servietten und Papptellern, Stücke von Papier- und Plastiktüten.

Frau Schröpf schüttelte bei jeder Begegnung den Kopf und gurrte: „Solche Spinner!"

Gurrletta belächelte diese Modeerscheinung ebenfalls.

Allmählich aber entwickelte sie eine Vorstellung von der Position, die sie gegenüber Frau Schröpf einnehmen musste. Frau Schröpf war ja in der vergangenen Zeit völlig aus dem gesellschaftlichen Leben gefallen, folglich war ihr auch das Verständnis für den Zeitgeschmack, der sich ganz natürlich sowohl im menschlichen wie auch im tierischen Gefüge herausbildet, abhanden gekommen. Gurrletta fühlte sich berufen, diese fatale Fehlentwicklung zu korrigieren und aus Frau Schröpf eine moderne und weltoffene Taubenfrau zu machen. Denn sie, Gurrletta, war ja immer am Puls der Zeit geblieben! In der Tatsache, dass sie den Weiß-Blau-Trend verschlafen hatte, sah sie daher eine Peinlichkeit. Sie durfte sich dieser Mode nicht länger verschließen – und Frau Schröpf ebenfalls nicht!

„Ich finde es schön, was sich die Leute einfallen lassen, um den Alltag bunter zu machen. Und hier auf der Dult ist die richtige Umgebung dafür", sprach Gurrletta also, als zwei Taubenmädchen mit weiß-blauen Luftschlangen an ihnen vorbeistolzierten, während sie, Gurrletta und Frau Schröpf, wie biedere Schmarotzer auf eine Brezenhälfte einpickten.

Frau Schröpf reagierte nicht auf Gurrlettas Bemerkung. Sie hob nur kurz den Kopf und grinste geringschätzig.

Gurrletta ließ sich nicht beirren. Ihre Mission stand klar vor ihren Augen: „Wissen Sie was, Frau Schröpf, wir wiederholen in ein paar Tagen den Ausflug, und zwar in passendem Outfit!"

„Das ist nett, dass Sie mich wieder mitnehmen", sagte Frau Schröpf. „Ob ich mich allerdings verkleide, muss ich mir noch überlegen."

Gurrletta verzog verärgert den Schnabel, als sich die beiden ein paar Tage später auf der Oswaldkirche trafen. Mit viel Mühe hatte Gurrletta eine weiß-blaue Stoffserviette aus einem Mülleimer im Bischofshof gezerrt und eine perfekt sitzende Halskrause daraus gefertigt. Frau Schröpf hingegen hockte so farblos wie eh und je auf dem Giebelstein, um zum Rundgang auf dem farbenfrohen Volksfest abgeholt zu werden.

Gurrletta verbiss sich jeglichen Kommentar. „Die muss selber merken, wie unmöglich sie ausschaut", dachte sie.

Kaum beim Riesenrad angekommen, begegneten sie den ersten Artgenossen mit bayerischem Kleiderschmuck. Eine ältere Taubenfrau hatte sich mit Papierschnipseln dekoriert, ein Bursche steckte mit seinem Kopf in einem Pappbecher mit Rautenmuster. Ein Sehschlitz sorgte dafür, dass er sich ein wenig orientieren konnte.

Natürlich fand Gurrletta derartige Auswüchse lächerlich, und auch insgesamt war sie sich während des folgenden Spaziergangs nicht sicher, ob sie die Halskrause umgelegt hätte, wenn sie alleine auf der Dult unterwegs gewesen wäre. Womöglich hätte sie sich dann nur unter den Stufen der Karussells oder hinter Buden herumgetrieben, Futter gesucht und das Fest so bald wie möglich wieder verlassen. Aber als Mentorin von Frau Schröpf, die ja ein selbstbestimmtes Leben zurückgewinnen und zu einem Mitglied der illustren Gesellschaft werden sollte, wollte Gurrletta als gutes Beispiel glänzen.

Zwei Burschen mit ausgelassener Laune stolperten auf sie zu. Gurrletta und Frau Schröpf bogen zur Seite, um für die beiden einen breiteren Weg zu schaffen.

„Hehe!", lachte der Eine und deutete mit dem Schnabel auf Frau Schröpf. Er begann zu lallen: „Grau, grau, grau sind alle meine Federn!"

Der Andere fiel ein: „Grau, grau, grau ist alles, was ich im Oberstübchen hab!"

Sie gurrten eine Weile fort, bis sie vor Menschenbeinen flüchten mussten.

Gurrletta war stehengeblieben. Ihr Herz drückte. Ach, wie schämte sie sich plötzlich, dass sie sich öffentlich mit der altbackenen und starrsinnigen Frau Schröpf zeigte. Womöglich übersah man ihre Schürzenstoff-Halskrause sogar, und sie wurde im Duo mit Frau Schröpf als ödes Grautier wahrgenommen!

„Wissen Sie, Frau Steinhöfl", sagte Frau Schröpf endlich, „ich hätte schon gerne etwas Modisches angehängt, aber wie hätte ich das vor meinem Walter verbergen sollen? Der wäre sofort vor Eifersucht geplatzt! So konnte ich ihn im Glauben lassen, ich treffe mich mit einer Freundin zum Spaziergang über den Neupfarrplatz."

Gurrletta betrachtete diese Erklärung als fadenscheinige Ausrede. Doch zumindest bot sie die Möglichkeit einzuhaken. „Sie hätten sich bei mir umziehen können", konterte Gurrletta.

„Ach so!"

Gurrletta entfuhr der Vorschlag, dass sie das ja nächste Woche so machen könnten.

„Ja, würden Sie denn noch mal mit mir auf die Dult gehen?", fragte Frau Schröpf mit erwartungsvollen Augen.

Jetzt konnte Gurrletta nicht mehr zurück. Noch vor einer Minute hätte sie gelogen, sie wolle für eine gute

Woche verreisen. Außerdem meldete sich ihr Verantwortungsgefühl. „Ja, warum nicht ein drittes Mal?"

Frau Schröpf lächelte dankbar.

Eine halbe Woche später brachte Frau Schröpf zwei künstliche Federn in Gurrlettas Turmkammer, eine weiße und eine blaue. Die weiße habe sie aus einem Mantelkragen in einer Garderobe gezupft, die blaue in einem offenen Altkleidersack gefunden. Am folgenden Tag kam sie, um sich zusammen mit Gurrletta für den dritten Dultbesuch umzuziehen. Diesmal sollten alle staunen. Frau Schröpf setzte also einen Plastikring auf ihren Kopf und steckte die beiden Federn an. Sie ragten auf das Doppelte ihrer Körpergröße in die Höhe. Gurrletta schmückte sich wiederum mit ihrer Halskrause.

Auf der Dult herrschte Hochbetrieb. Ein warmer Spätsommertag hatte eine riesige Menschenmenge angelockt. So viele Beine traten kreuz und quer über die Asphaltwege, dass man sich als Taube ständig bedroht fühlen musste. Gurrletta und Frau Schröpf hatten daher als Landeplatz eine menschenfreie Zone gewählt, nämlich das Dach des Autoskooters. Von hier aus hielten sie Ausschau nach Futter – und Artgenossen, denen sie sich präsentieren konnten.

„Schauen Sie, Frau Steinhöfl, da hinten liegt ein Pizzastück", schrie Frau Schröpf so kräftig, wie sie konnte. Die Musik war entsetzlich laut, weshalb Gurrletta Frau Schröpf trotzdem kaum hören konnte.

Tatsächlich! Das Pizzastück lag zudem äußerst günstig: zwischen der Geisterbahn und einem Budenwagen mit italienischen Speisen und so weit entfernt vom Gedränge, dass man dort auf eine ungestörte Mahlzeit hoffen durfte.

Die beiden flogen also los und begannen, auf den Fund einzupicken.

Nebenbei lugten sie in die Umgebung. Es waren keine
Artgenossen zu erblicken. Oh ja, es wurde den Tauben
heute nicht leicht gemacht, ein eigenes gesellschaftliches
Leben zu entfalten. Aber irgendwo mussten doch Artgenossen anzutreffen sein, denen sie demonstrieren konnten, dass
sie sich adäquat kleideten.

„Hat da nicht jemand gegurrt?", rief Frau Schröpf plötzlich. Sie blickte zur hinteren Ecke der Geisterbahn, die beinahe an die Zaunbüsche heranreichte.

Gurrletta hatte ebenfalls Taubenlaute gehört. Die beiden
Damen ließen ab vom Pizzastück und tappten los – getrieben von Neugier und Rampenfieber.

Hier gab es ein Spektakel. Im Gras lagen drei blaue
Müllsäcke, hingeworfen wohl von den Pizzabäckern des
italienischen Budenrestaurants. Einer der Säcke war aufgerissen, und Schnittreste von Pizzen und sonstiges Unver-
käufliches quollen heraus. Das Angebot war ungeheuerlich,
und dementsprechend viele Tauben stritten sich um den
besten Platz am Speisetisch. Etwa zehn, wenn nicht gar
fünfzehn. Es herrschte ein nervöses, fast aggressives Drän-
gen und Schubsen.

„Schauen Sie!", rief Frau Schröpf schockiert. „Das
gibt's nicht!" Danach war sie unfähig weiterzusprechen.

Auch Gurrletta verschlug es die Stimme. Die Artgenossen trugen nämlich, ausnahmslos, gelbe Accessoires und
Kleidungsstücke. Gelbe Hüte, gelbe Schals, gelbe Um-
hänge, gelbe Ringe. Dieser unzivilisierte Haufen wusste
offenbar nichts von der aktuellen Mode!

Ein junger Mann mit einer langen Krawatte aus einem gelben Kabeltrassenwarnband, aufgebläht vom üppigen Futter, verließ den Speiseplatz und stampfte an den beiden Damen vorbei. Als er sie wahrnahm, lachte er kurz auf.

Gurrletta stellte sich in seinen Weg. „Warum haben Sie eben gelacht?", fragte sie mit bösem Blick.

Er kicherte nochmals. Dann riss er sich zusammen: „Weil Sie so komisches Zeug anhaben!"

Frau Schröpf ging dazwischen: „Wieso? Sie tragen eine völlig unmodische Krawatte!"

„Unmodisch?" Seine Stimme überschlug sich. „Das sagen Sie mit diesen albernen weiß-blauen Federn auf dem Kopf? Haben Sie den Dult-Hit noch nicht gehört? Vor drei Tagen haben die Regental-Schnepfen auf dem Bierzeltdach gegurrt: ‚Ich bin gelb wie die Sonne, die Dult ist eine Wonne!'"

„Und jetzt tragen alle Gelb?", kreischte Gurrletta bestürzt.

„Na, klar. Das Bayern-Zeug ist out!" Der Bursche grinste in Gurrlettas Gesicht: „Ich glaube, Sie suchen sich Ihr Futter besser anderswo. Unter dem Kinder-Karussell soll eine Semmel liegen." Dann wankte er davon.

Gurrletta und Frau Schröpf wagten es nicht, sich dem Spott der Menge auszusetzen. Sie befolgten den Rat und gingen ihre eigenen Wege. Wortlos steuerten sie die genannte Semmel an, pickten eine Weile daran herum, anschließend liefen sie ziellos auf dem riesigen Gelände der Achterbahn umher. Da sie dort nichts Essbares fanden, durchwanderten sie die Wiesen mit den Campingwagen der Schausteller. Hier wurden sie jedoch bald von einem Hund vertrieben, aus reiner Schikane. Zuletzt entdeckten sie noch einen Crêpe mit Erdbeeren und Nutella, der aus unerfindlichen Gründen unangetastet hinter einem Fischzelt lag. Um sich aufzumuntern, erklärten sie das Mahl zu einem Hochgenuss, der alleine schon den Ausflug auf die Dult gerechtfertigt habe.

Gelegentlich sahen sie in der Ferne Tauben aller Altersgruppen, gelb geschmückt, aber direkte Begegnungen konnten sie vermeiden.

Erst als sie auf dem Giebel der Oswaldkirche landeten, kam das Thema Outfit wieder zur Sprache.

Frau Schröpf bemerkte: „Da ist wohl ein wichtiger Trendwechsel an uns vorbeigegangen. So schnell kann das passieren."

Gurrletta freute sich über die Formulierung: „an *uns* vorbeigegangen". Frau Schröpf trug verantwortungsvoll ihren Teil an dem Debakel. Beide traf Schuld – nicht nur sie, Gurrletta. Frau Schröpf hatte damit anerkannt, dass auch die gewissenhaftesten Mentorinnen an ihre Grenzen kommen können. Aber dies schmälerte nicht den Wert ihres Einsatzes für die Erweiterung des Lebensraums von Frau Schröpf.

Gurrletta ließ ihre Halskrause in die Regenrinne des Kirchendachs rutschen. Frau Schröpf schüttelte so lange den Kopf, bis die Federn aus dem Ring fielen. Diesen streifte sie ab, er rollte davon und verschwand ebenfalls in der Regenrinne.

„Ich muss mich mal wieder bei Walter blicken lassen, sonst macht er sich Sorgen", sagte Frau Schröpf.

„Ja, tun Sie das."

Frau Schröpf fuhr fort: „Würden Sie mit mir einen Ausflug an die Uni machen? Dort war ich noch nie. – Ich glaube, da kann man normal gekleidet hingehen, oder?"

Gurrletta freute sich, dass Frau Schröpf an ihr festhielt. Sie fühlte sich honoriert. „Ja, an der Universität geht es um ganz andere Dinge. Wir sehen uns beim Essen im Bischofshof, dann machen wir was aus!"

Frau Schröpf nickte glücklich und flog los.

Das Mädchen mit den Rosen

Gurrletta freute sich auf den „Tag des offenen Denkmals", der regelmäßig am zweiten Sonntag im September stattfindet. Vergangenes Jahr hatte er sich „historischen Kellern" gewidmet – ein taubenfeindliches Thema, wie Gurrletta erfahren musste, denn es war ihr trotz intensiver Bemühungen nicht gelungen, in eines der Denkmäler vorzudringen.

Dieses Mal lag das Hauptaugenmerk des Programms auf „Parkanlagen und Gärten". Vorbildlich! Die Verantwortlichen hatten an die wissensdurstigen Tauben gedacht. Über den Tag verteilt sollten Führungen durch den Herzogspark stattfinden.

Natürlich kannte Gurrletta die Anlage bereits. Sie geht zurück auf die mittelalterliche Stadtmauer mit vorgelagertem Graben. Ein Turm, der viele Jahrhunderte überstanden hat, der so genannte „Prebrunnturm", erinnert noch heute an das längst abgetragene Bauwerk.

Doch es gab für Gurrletta gewiss noch Weiteres zu erfahren. Sie hielt sich für eine gegenwartsorientierte Taube, hatte aber dennoch ein großes Interesse an Geschichten aus früheren Tagen. Deshalb machte sie sich zeitig auf, um nichts zu verpassen.

Schon am Haidplatz, also wenige Meter nach dem Start vom Goldenen Turm, landete sie. Aus Neugier, denn der Platz war voller Menschen. Nur am Balkongeländer des Thon-Dittmer-Palais' konnte sie sich ungefährdet fühlen.

Zudem saß hier bereits ein Täuberich, der bestimmt Genaueres wusste. Gurrletta kannte ihn, es war Herr Fetzer, der irgendwo in der Baumhackergasse wohnte.

„Was ist denn hier los?", fragte Gurrletta.

Herr Fetzer wies mit dem Schnabel auf eine schwer bestimmbare Stelle inmitten der Menschenmenge. „Da, schauen Sie!"

Gurrletta schärfte die Augen. Die Menschen hatten ihre Blicke auf ein überdachtes Podium gerichtet, auf dem ein Redner mit beigem, etwas abgetragenem Jackett in ein Mikrofon schimpfte. Sein Publikum applaudierte und jubelte in kurzen Abständen. Es schwenkte dann Fahnen, Schilder und Transparente. Paragrafenzeichen waren darauf zu lesen, außerdem Wörter wie „Gerechtigkeit", „Soziale Verantwortung" und „Faire Arbeitsbedingungen". Wenn der Redner laut und heftig wurde, sprach er gerade über diese Themen.

„Sehen Sie nicht!?", wetterte Herr Fetzer.

Gurrletta wusste nicht, was Herr Fetzer mit seiner Bemerkung meinte. „Was?", fragte sie.

„Da liegt ein Hörnchen auf dem Pflaster, und ich habe keine Chance! Dreimal hab ich es schon versucht. Unter Lebensgefahr!"

„Na, die werden doch bald wieder abziehen."

„Im Mai sind sie den ganzen Tag hiergeblieben!" Herr Fetzer polterte weiter: „Das haben wir davon, dass bei uns jeder über irgendwelches unwichtiges Zeug quatschen darf! Man sagt, früher hat es sowas nicht gegeben."

Gurrletta war anderer Meinung: „Seien wir doch froh, dass wir eine freie Meinungsäußerung haben! Die Leute kämpfen für faire Arbeitsbedingungen!"

„Und was bitteschön ist mit meinen fairen Futterbedingungen?"

Gurrletta hatte keine Lust, weiter über dieses Thema zu diskutieren. Herr Fetzer war so verbohrt in seinen Willen, das Hörnchen zu bekommen, dass ein Überzeugungsversuch aussichtslos schien. Gurrletta zog es daher vor, ihren Weg zum Herzogspark fortzusetzen. Sie verabschiedete sich kurz und flog davon.

Im westlichen Teil der Parkanlage traf sie auf eine Menschentraube, die eine junge Frau umringte. Auf dem erhöhten Plateau erstreckt sich ein Rosengarten, eingerahmt von uralten Bäumen im Süden, der Parkmauer im Westen, der Aussicht auf die Donau im Norden sowie einem winzigen tempelartigen Pavillon im Osten. Zahlreiche Lehrtafeln geben Auskunft über die unterschiedlichen Rosensorten, die in dieser Anpflanzung gedeihen. Die Besucherführerin wusste Faszinierendes zu erzählen, und so hingen die Menschen an ihren Lippen.

Gurrletta nahm auf der Parkmauer Platz. Von hier aus sah und hörte sie genügend. Sie war so gut mit der menschlichen Sprache vertraut, dass sie die wichtigsten Informationen verstehen konnte. Die Ausführungen über die Rosen fand sie wissenswert, sehr viel mehr interessierte sie jedoch, dass man die Mauer entlang der Donau „Herzogmauer" nennt, weil im jetzigen Naturkundemuseum, das den Park im Südosten begrenzt, früher ein Herzog gewohnt hatte. Alles Aristokratische erregte sie.

Bald leitete die junge Frau die Gruppe über eine kleine Treppe in ein zweites Gärtchen. Dort waren verschiedene Kräuter angebaut. Gurrletta musste sich einen neuen Platz suchen. Sie flatterte auf das Dach eines turmartigen Wirtschaftsgebäudes unmittelbar an der Westmauer.

Die Frau stellte sich zu einer Bronzefigur, die, einschließlich Sockel, die Höhe eines Menschen aufwies: ein Mädchen, das in der rechten Hand ein paar Rosen hielt.

Gurrletta sah auf die Rückseite der Skulptur. Ihr fiel auf, dass die Schultern des Mädchens kraftlos nach unten hingen. Ein Tuch war darüber gelegt. Ihr Blick richtete sich zum Boden. Vermutlich war er trübe, so, als habe sie eine traurige Nachricht erhalten oder eine Niederlage erlitten.

Die Führerin nannte nun ihren Namen: Julchen Stender.

Die Tochter eines Bleistiftfabrikanten sei bereits mit 18 Jahren verstorben. 1921. Die Skulptur habe man für ihr Grab am Evangelischen Zentralfriedhof gegossen. Das Grab wurde schließlich im Jahr 1979 aufgelassen. Da man nicht wusste, wie man die Bronzestatue weiterverwenden sollte, übernahm sie das Stadtgartenamt. Weil das Mädchen in diesem Stadtteil aufgewachsen und häufig im Herzogspark spazieren gegangen war, stellte man Julchen hier in diese Anpflanzung.

Julchen sei bei ihren Spaziergängen gelegentlich der Herzogin Hermine von Württemberg begegnet, der Gattin von Herzog Ferdinand Maximilian von Württemberg. Die Adelige wohnte im „Württembergischen Palais", dem heutigen Naturkundemuseum, bis zu ihrem Tod im Jahr 1932.

Eine berührende Geschichte, wie Gurrletta fand. Julchen ist einer richtigen Herzogin begegnet! Sie hat sich sicherlich bei diesen Treffen mit der Herzogin unterhalten, mutmaßte Gurrletta. Aber über was? Gurrletta rätselte. Bestimmt über Handarbeiten, denn da kannte sich Julchen gewiss aus. Und die Herzogin ebenfalls. Oder über Mode. Julchen erkundigte sich über die Mode in ... Gurrletta dachte nach. Ja, sie wollte wissen, wie man sich in Württemberg kleidete. Die Herzogin kam natürlich auf einem Ross herangeritten. Auf einem Schimmel oder einem mächtigen Rappen. Dann erzählte die Herzogin von ihren Pferden, wie man sie pflegt und wie man mit ihnen durch ausgedehnte Ländereien reitet. Und Wildschweine jagt. Gurrletta schlug unwillkürlich mit den Flügeln. Das Leben der Adeligen begeisterte sie schon immer. Bestimmt ging die Herzogin auch in die Oper und liebte die Musik von Verdi und Donizetti. Womöglich sang sie Julchen ein paar Arien vor. Julchen war zwar die Tochter eines wohlhabenden Bleistiftfabrikanten, ob sie allerdings ihrerseits mit 18 Jahren schon in der Oper gewesen war, fand Gurrletta fraglich.

Julchen kannte sicherlich die Bleistiftfabrik und wusste wohl, wie sehr sich die Menschen darin plagen mussten. Gurrlettas Herz wurde plötzlich schwer, denn sie sah nun vor ihrem inneren Auge eine düstere Werkshalle, in der viele Menschen stundenlang Bleistifte herstellten. Sie hatte zwar keine Ahnung davon, was sie genau tun mussten, aber sie vermutete, dass sie an den Arbeitsbedingungen litten. Gewiss sagte Julchen daher eines Tages zur Herzogin: „Unsere Leute schuften in der dunklen Fabrik, und niemand kümmert sich um den giftigen Staub in der Luft, den sie tagtäglich einatmen." Die Herzogin stutzte. Julchen fuhr mutig fort: „Könnten Sie da bitte mal mit meinem Vater darüber reden, denn auf Sie hört er bestimmt." – „Ich habe keine Zeit", antwortete die Herzogin brüsk, „ich muss auf eine Wildschweinjagd." – Julchen ließ sich nicht abschütteln: „Was ist wichtiger? Die Gesundheit der Arbeiter oder die Wildschweinjagd?" Da stieg die Herzogin wütend auf ihr Ross und trabte davon. Julchen schnitt sich traurig ein paar Rosen, setzte sich auf diesen Sockel und blickte ratlos auf den Boden. Und dann starb sie.

Gurrletta erwachte aus ihrem Tagtraum. Ihre Augen waren feucht. Die Gruppe war unterdessen auf eine angrenzende Wiese gezogen. Die junge Frau zeigte auf die Mauer des Stadtgrabens, die entlang dieses Parkbereichs verlief.

Um den Anschluss nicht zu verpassen, flog Gurrletta auf die Wiese und hüpfte um die Menschenansammlung. Sie erfuhr noch Weiteres über den Herzogspark, aber an die Geschichte von Julchen kam das alles nicht heran.

Auf dem Heimweg landete sie wieder auf dem Balkon des Thon-Dittmer-Palais'. Herr Fetzer hockte nicht mehr dort. Die Kundgebung war inzwischen zu Ende. Die Menschen saßen nun an Biertischen und drängten sich vor den Buden. Das Hörnchen, das Herr Fetzer unbedingt gewollt hatte, konnte Gurrletta auch jetzt nicht entdecken. Vielleicht hatte er es ja noch ergattern können.

An einer Bank lehnte eine Tafel mit einem kämpferischen Spruch: „Gleiches Recht für alle!"

„Wenn die Herzogin das gesehen hätte!", dachte Gurrletta. „Sie hätte befohlen, die Tafel zu entfernen und die Kämpfer für würdige Arbeitsbedingungen zu verhaften."

Gurrletta grübelte. Gerade noch rechtzeitig hatte sie ihre Gedanken in die richtige Richtung gelenkt. „Man darf sich nicht in der Pracht, die eine solche Herzogin ausstrahlt, verlieren. Man muss von Anfang an kritisch sein." Gurrletta wollte sich bessern.

Die dunklen Geschäfte
rund um Emil Breitschnabel

Frau Breitschnabel liebte die Natur. Noch mehr, seit ihr herzensguter Ehemann verstorben war. Das Beständige und Verlässliche des Jahreskreises gebe ihr Halt, sagte sie. Es dränge sie daher regelmäßig hinaus ins Grüne. Da sie ihre Flügel nicht mehr allzu weit tragen wollten, musste sie sich mit dem Naherholungsgebiet am Westbadweiher begnügen.

„Kommen Sie doch mit, Frau Steinhöfl!", sprach sie, als sich die beiden Damen am Kassiansplatz begegneten. „Die Bäume leuchten in der spätsommerlichen Abendsonne so bunt wie Lampions."

Auch Gurrletta tat Abwechslung gut. Sie sagte also sofort zu.

Die Damen spazierten zunächst entlang der Gehwege. Doch unentwegt kamen ihnen Jogger und Walker beängstigend nahe, sodass sie ständig aufflattern mussten und somit keinen entspannten Rhythmus finden konnten. Erst als sie sich auf das Dach eines Pavillons setzten, entfaltete sich in den beiden die ersehnte Ruhe. Die Farben der Vegetation legten sich wie Balsam auf ihre Augen. Meditativ verfolgten sie die Schwäne, die elegisch über die Wasserfläche glitten. Bei der Betrachtung schienen sie das Eilen der Zeit zu überwinden.

„Wir müssen allmählich wieder zurück", meinte Frau Breitschnabel nach einer langen Stille. „Ich will noch kurz zu meinem Sohn Emil. Der hat vor ein paar Tagen eine neue Unterkunft in der Dechbettener Straße bezogen, und ich möchte wissen, ob er sich dort wohlfühlt. Sie können gerne mitkommen. Das stört Emil nicht."

Da das Zuhause von Emil Breitschnabel auf dem Rückweg lag, begleitete Gurrletta die besorgte Mutter. Emil hatte seiner Mutter den Weg zum Nest erklärt. Es sollte sich in einem Schuppen in einem Garten befinden.

Die herrschaftlichen Häuser, zum Teil aus dem 19. Jahrhundert, wurden von riesigen Bäumen und dichtem Gebüsch umgeben. Die kleinen Gärten waren daher nur schwer einsehbar. Die beiden Damen flogen von Ast zu Ast, um sich einen Überblick zu verschaffen. Schließlich entdeckte Frau Breitschnabel ein blau gestrichenes Holzhäuschen, das der Beschreibung Emils entsprach.

„Was sollen die vielen Tauben?" Frau Breitschnabel war irritiert.

Auf dem Dach und im Rasen vor dem Schuppen sprang ein Dutzend Tauben umher. Durch eine Lücke in der Bretterwand schlüpften sie ins Innere oder kamen ins Freie.

„Frau Breitschnabel", stieß Gurrletta hervor, „ich fürchte, da ist etwas passiert!"

Sie landeten vor dem Häuschen. Die Personen, die hier so eifrig unterwegs waren, gehörten zu einer Abteilung, die innerhalb der Regensburger Taubengesellschaft Ordnungsaufgaben wahrnahm; der menschlichen Polizei vergleichbar. Frau Breitschnabel überkam die Angst, dass ihrem Emil etwas zugestoßen sein könnte.

Eine der fremden Tauben rief: „Bitte verlassen Sie den Tatort." Da sich der Täuberich aber gleich darauf mit einem anderen besprechen musste, gab er auf die beiden Damen nicht weiter Acht, und Gurrletta und Frau Breitschnabel konnten sich unbehelligt durch den Spalt in der Bretterwand zwängen.

Hier im Inneren herrschte noch größerer Trubel. Frau Breitschnabel erblickte auf einem Regalbrett, auf halber Höhe des Raumes, eingezwängt zwischen Behältern mit Dünger und Maschinenöl, ein Nest. Sie flatterte auf, wurde jedoch von einem schwarzgefiederten Täuberich am Landen gehindert und vertrieben.

„Emil liegt leblos im Nest!", schrie sie, als sie zu Gurrletta zurückkam.

Unterdessen flog der Täuberich herab. „Ich leite hier die Untersuchung", sprach er streng. „Haben Sie einen Bezug zum Opfer?"

„Ich bin die Mutter!", heulte Frau Breitschnabel.

Der Untersuchungsleiter fasste nun kurz zusammen, was es zu berichten gab: „Ihr Sohn wurde vor einer Stunde von Nachbarn tot aufgefunden. Vermutlich ist die Tat bereits vergangene Nacht geschehen. Die Nachbarn haben ihn zunächst nicht vermisst. Sie dachten, er schlafe nur heute etwas länger. Von den Tätern fehlt jede Spur. Es waren wohl mindestens zwei oder drei – den Verletzungen nach zu urteilen."

„Dann war das ein gezielter Überfall!" Frau Breitschnabel rang nach Luft. „Mein Emil hat doch niemandem etwas getan!"

„Wir haben noch keinen Anhaltspunkt", erwiderte der Täuberich. „Hatte Ihr Sohn eine Freundin oder enge Freunde?"

„Ich weiß von Fabian. Er hat sein Nest im Turm der Schottenkirche. Ein wohlerzogener junger Mann."

„Wir werden ihn befragen."

„Und die Nachbarn?", flocht Gurrletta ein. „Die Nachbarn, die ihn gefunden haben? Das muss doch heute Nacht sehr laut gewesen sein! Man ermordet keine Taube, ohne dass das Opfer um sich schlägt und schreit."

Abseits standen zwei jüngere Tauben, die sich angesprochen fühlten.

„Entschuldigen Sie", sagte der Eine zu Frau Breitschnabel. „Unser Beileid! Mein Name ist Heiner Gerber, und das ist meine Frau Brigitte. Wir wohnen dort ganz oben." Er zeigte auf das gegenüberliegende Regal. „Wir haben wirklich nichts gehört."

Der Untersuchungsleiter unterbrach die Unterhaltung: „Die Ermittlungen sind unsere Sache!"

Diese übertriebene Amtsführung ärgerte Gurrletta. „Aber man wird doch fragen dürfen!"

„Bitte stören Sie nicht unsere Arbeit! Verbrechensaufklärung ist nichts für alte Weiber!"

Was für eine Unverschämtheit! Gurrletta rollte wütend mit den Augen.

„Frau Breitschnabel, ich melde mich bei Ihnen", brummte der Untersuchungsleiter noch. Dann drängte er die beiden hinaus.

Die „alten Weiber" liefen verwirrt über den Rasen. Gurrletta überlegte laut: „Ich kann nicht glauben, dass die Gerbers das nicht mitgekriegt haben!"

„Bitte, Frau Steinhöfl, der Herr Untersuchungsleiter weiß bestimmt, was er zu tun hat."

„Die Gerbers werden sich Unannehmlichkeiten vom Hals halten wollen", raunte Gurrletta. Sie schwieg, um Frau Breitschnabel nicht noch weiter aufzuwühlen.

Frau Breitschnabel wollte jetzt nach Hause. Es verlangte sie nach einer gewohnten Umgebung. Gurrletta brachte sie zu ihrem Nest. Um ihr die Mühe der Nahrungssuche zu ersparen, versorgte sie Gurrletta noch am gleichen Abend mit einer halben Kürbiskernsemmel.

Unmöglich, dieses Ereignis auf sich beruhen zu lassen! Natürlich wollte Gurrletta die beklagenswerte Frau durch die folgende traurige Zeit begleiten – aus ehrlich empfundener Mittäubigkeit; aber genauso natürlich wollte Gurrletta wissen, wie die Ermittlungen vorangingen.

Schon am nächsten Vormittag landete sie wieder am Nest von Frau Breitschnabel. Sie traf auf eine völlig aufgelöste Frau. In den frühen Morgenstunden hatte sie der schwarze Täuberich besucht und über den Ermittlungsstand informiert.

„Stellen Sie sich vor, Frau Steinhöfl", heulte sie, „Fabian, der Freund von Emil, hat ausgesagt, dass er in jüngster Vergangenheit besorgt wegen meines Emils war. Emil sei moralisch abgesunken. Fabian meinte, der habe sich in einer Vergnügungslokalität der übelsten Sorte herumgetrieben. Mein Emil!"

Gurrletta blieb gefasst. „Was ist denn dieser Fabian für ein Typ?"

„Er ist eine sehr sanftmütige, vergeistigte Taube, kennt jede Menge weise Sprüche."

„Oje!", stöhnte Gurrletta. „Es kann doch sein, dass er maßlos übertreibt!"

„Der Untersuchungsleiter hat mich gefragt, ob Emil gelegentlich im ‚Roten Taubenschlag' gewesen sei! Es bestünde ja die Möglichkeit, dass er sich in dubiose Geschäfte hat hineinziehen lassen: Handel mit rauschauslösenden Beeren, Zuhälterei, Schiebereien und so weiter. Alles sei möglich!" Frau Breitschnabel konnte vor Verzweiflung nicht weitersprechen.

Gurrletta fragte: „Und er soll dann wohl Opfer eines Racheakts geworden sein?"

„Oder weil er zu viel wusste, meinte der Untersuchungsleiter. Und er meinte auch, dass Emil dann selber schuld sei, wenn man ihn umbringt. Und dass Ermittlungen in diesem Milieu keine Aussicht auf Erfolg hätten."

Gurrletta richtete sich auf: „Aber Sie sind davon überzeugt, dass diese These eine üble Unterstellung ist!"

Frau Breitschnabel brach erneut in Tränen aus: „Eine Mutter spürt, dass das nicht wahr sein kann!" Plötzlich glühten ihre Augen. „Ich will den Beweis!", rief sie. „Ich will die Täubchen im ‚Roten Taubenschlag' fragen, ob mein Emil ihr Kunde gewesen ist! Und wenn tatsächlich, dann will ich wissen, wer ihn umgebracht hat!"

„Ich komme mit!" Gurrletta wollte die Mutter nicht im Regen stehen lassen. Der Drang, Licht ins Dunkle zu bringen, war größer als alle Bedenken, die sie an dieses Erkundigungsunternehmen knüpfte.

Die beiden Damen warteten also bis in die Abendstunden, bis der ‚Rote Taubenschlag', in einer Industrieruine im Osten Regensburgs beheimatet, seinen Einflug öffnete.

Das Gebäude hatte ein menschlicher Bauherr vor vermutlich über zwanzig Jahren errichten lassen und Kunststoffteile, hauptsächlich Rohre und Verbindungsstücke in allen erdenklichen Variationen, darin eingelagert. Irgendwann hatte er das Objekt aufgegeben, ohne die Güter abzutransportieren. Inzwischen waren sie so brüchig, dass sie nicht mehr verwendet werden konnten. Sie bildeten ein weitläufiges und unübersichtliches Terrain und standen den gefiederten Nutzerinnen und Nutzern sowie ihren Besuchern als Separees zur Verfügung. Das schwache Licht, das eine entfernte Straßenlaterne hereinschickte, sorgte für eine schummrige Atmosphäre, für Intimität und Anonymität.

Ein hellgraues Täubchen, das für den Empfang der Gäste zuständig war, tänzelte sofort auf Gurrletta und Frau Breitschnabel zu. Gurrletta hatte damit gerechnet, dass sie sich den Zutritt erstreiten müssten, aber das Täubchen flötete freundlich: „Bruno erwartet sie gerne in der siebten Regalreihe rechts hinter dem Feuerlöscher."

Hier war also jeder und jede willkommen.

Die Damen bedankten sich und tappten ins Innere des Etablissements.

Es herrschte noch wenig Betrieb. Einige Täubchen hockten gelangweilt herum. Ein Taubenmann, in Wallung, flatterte seiner Auserwählten kreischend hinterher, bis sie endlich in einer Regalgasse verschwanden. In einigen Röhren bewegten sich Schatten. An Details waren die beiden Damen nicht interessiert.

Natürlich dachten sie keine Sekunde daran, diesen Bruno aufzusuchen. Sie wollten in einen abgelegenen Teil der Lokalität gelangen, um unbemerkt mit Beschäftigten ins Gespräch kommen zu können; wenn möglich sogar mit der Chefin des Hauses.

Nach dem genannten Feuerlöscher bogen sie daher nicht in die rechte, sondern in die linke Regalgasse. An deren Ende stand eine Tonne aus blauem Kunststoff. Der Deckel fehlte. Auf dem oberen Rand saß ein durchtrainierter Täuberich. Offenbar bewachte er jemanden, denn aus der Tonne drangen lustvolle Geräusche.

Als Gurrletta und Frau Breitschnabel den Muskelprotz sahen, huschten sie sofort ins nächste Rohr. Sie waren möglicherweise zur Chefin des Etablissements gelangt. Oder eine wichtige Persönlichkeit war zu Besuch.

Das Rohr führte die Damen auf einen kleinen Platz in der benachbarten Regalgasse, in dessen Mitte Köstlichkeiten lagen: Körner und Obst. Eine Raupe machte sich gerade davon.

Neben diesen Speisen hockte ein weiterer Täuberich. Die Köstlichkeiten schienen ihn nicht zu interessieren. Er starrte apathisch vor sich hin. Als Gurrletta und Frau Breitschnabel näherkamen, erkannten sie ihn schließlich: Es war Heiner Gerber, der Nachbar von Emil, der vom Mord nichts bemerkt haben wollte.

„Jetzt muss er auspacken!", triumphierte Gurrletta. Resolut trat sie ihm entgegen. „Schön, Sie hier zu treffen!"

Herr Gerber betrachtete die beiden Damen verblüfft.

Frau Breitschnabel übernahm das Wort: „Sie erinnern sich: Ich bin die Mutter von Emil! Und das ist Frau Steinhöfl, die mir in diesen schweren Stunden zur Seite steht. Wir sind der Meinung, dass Sie in der Mordnacht mehr beobachtet haben, als Sie zugeben wollen! Wer hat meinen Emil heimgesucht?"

Herr Gerber rang nach Luft: „Was wollen Sie von mir?"

Gurrletta ging dazwischen: „Wenn Sie uns verraten, was Sie wissen, bleibt Ihr Besuch im ‚Roten Taubenschlag' unser Geheimnis!"

„Auch vor Ihrer lieben Frau!", fügte Frau Breitschnabel drohend hinzu.

Verunsichert beugte sich Heiner Gerber zu den Damen: „Es ist nicht so, wie Sie denken!"

Gurrletta konterte: „Das sagen alle Ehemänner!"

Doch Herr Gerber sprach weiter. Seine Stimme war gedrückt und voller Angst: „Verschwinden Sie von hier! Sie bringen sich in Gefahr!"

In diesem Moment flog der muskulöse Täuberich, der eben auf der blauen Tonne gesessen hatte, um die Seitenwand des Regals und steuerte auf Heiner Gerber zu. Gurrletta und Frau Breitschnabel reagierten sofort. Sie verzogen sich unter den untersten Regalboden. Von hier aus beobachteten sie das Folgende.

Der Täuberich landete bei Gerber. Drei weitere Täuberiche, heranwachsende und grobschlächtige Tiere, kamen hinzu. Sie stellten sich wie Soldaten auf. Endlich folgte ein dicker Taubenmann. Er wirkte abgekämpft. Vermutlich hatte er gerade in der blauen Tonne zu tun gehabt. Doch ihn kennzeichnete gleichzeitig eine autoritäre Ausstrahlung. Er war wohl der Boss der jungen Typen.

„Sehr vernünftig, dass du meiner freundlichen Einladung gefolgt bist, Heini", sprach er zu Gerber – sarkastisch und herablassend.

„Lass mich bitte in Frieden! Ich will ein neues Leben beginnen und ich habe nichts gesehen! Das beeide ich notfalls!", stammelte Gerber.

„Wo steckt Konrad?", wollte der Boss wissen.

„Ich weiß es nicht!"

„Es gibt undichte Stellen, Heini. Vor ein paar Tagen sind Fremde über meinen Komposthaufen hergefallen. Ihr verdammten Aussteiger haltet euch nicht an euren Schwur!"

„Ich habe nichts verraten!"

„Und dein junges Vögelchen?"

Herr Gerber wurde bleich vor Schreck: „Meine Brigitte weiß, was auf dem Spiel steht!"

„Meine Leute haben großen Mist gebaut, vorletzte Nacht, und ihr Jungverliebten seid Zeugen."

„Wir haben geschlafen und nichts mitgekriegt! Ehrenwort!"

Der Boss lachte auf. „Ich habe genug!" Dann trat er ein paar Schritte zurück und gab mit einem gebieterischen Blick seinen Leuten ein Zeichen. Diese stürzten sich sogleich auf Gerber, und ein furchtbarer Kampf begann. Heiner Gerber kreischte und schlug mit den Flügeln. Doch mit jeder Attacke erlahmte seine Kraft mehr und mehr, bis endlich die Schläger von ihm abließen. Der Ring löste sich, und für Gurrletta und Frau Breitschnabel wurde der Blick frei auf einen leblosen Körper.

„Jetzt haben wir uns einen kräftigen Nachtisch verdient!", verkündete der Boss zufrieden und deutete mit einem Flügel auf den Futterhaufen. „Das geht auf mich!"

Die Bande jubelte.

„Und dann folgt der zweite Teil", setzte der Boss hinzu.

Die Taubenmänner warfen sich auf die Köstlichkeiten. Jeder wollte der Erste sein und die größte Portion erbeuten. Ohne Manieren schlangen sie die Speisen in sich hinein.

Entsetzt flüsterte Gurrletta zu Frau Breitschnabel: „Der zweite Teil, das ist Gerbers Frau!"

Die beiden waren sich sofort einig, was sie tun mussten, und nutzten die Unaufmerksamkeit der Verbrecherbande, um aus dem „Roten Taubenschlag" zu jagen.

Eine halbe Stunde später saß Brigitte Gerber zwischen Gurrletta und Frau Breitschnabel. Es war ihnen gelungen, die junge Frau rechtzeitig in Gurrlettas Patrizierturm zu bringen. Gerade als sie an der Einflugluke gelandet waren, entdeckten sie am Nachthimmel einen kleinen Taubenschwarm, der auf die Dechbettener Straße zusteuerte.

Brigitte Gerber stand unter Schock. Mit matten Augen hatte sie erfahren, was im „Roten Taubenschlag" geschehen war. „Ich habe Heiner immer gewarnt!", sagte sie tonlos. „Konrad hat das kommen sehen!"

Gurrletta und Frau Breitschnabel sahen sich an. Welche Geschichte steckte hinter diesem Namen? Auch der Schlägerboss hatte Konrad erwähnt.

Und dann erzählte Brigitte Gerber, in welche Abhängigkeit ihr Mann schon als Jugendlicher geraten war und warum er schließlich umgebracht wurde: „Knut Tonner und seine Familie beanspruchen seit vielen Generationen einen riesigen Komposthaufen in der Kleingartenanlage ,Am Vitusbach' in Kumpfmühl. Er ist gut gepflegt und liefert daher in unerschöpflichem Maße Insekten und Würmer. Das Reservoir ernährt die Familie Tonner und auch eine Schutztruppe, die Knut aus halbwüchsigen, kräftigen Männern rekrutiert. Die Jungs haben es gut bei ihm: Sie kriegen genug zu essen und dürfen sich mit Vögeln schlägern, die sich dem Komposthaufen nähern. Knut kann es sich daher auch erlauben, nebenher ein paar dunkle Geschäfte zu betreiben, hauptsächlich im ‚Taubenschlag‘. Er hat ja Zeit dafür – und Leute, die ihn schützen." Frau Gerber schluchzte. Aus dem Schock war inzwischen Traurigkeit geworden. „Heiner gehörte zu diesen Schlägertypen. Vor ein paar Monaten haben wir uns kennengelernt, und er wollte aussteigen, wie ich es von ihm verlangt hatte. Knut Tonner ließ das zu, unter strengen Auflagen, denn als Söldner kennt man natürlich einige Geheimnisse – zum Beispiel die genaue Lage des Komposthaufens. Ich wollte mit Heiner Regensburg verlassen, damit wir ohne Angst und Bespitzelung leben konnten. Aber Heiner hielt meine Sorge für übertrieben. Konrad, ein Kollege, der ebenfalls ausgestiegen war, hatte sehr viel mehr Weitsicht. Er ist vor zwei Wochen fort!"

„Aber was hat das alles mit meinem Emil zu tun?", warf Frau Breitschnabel ein.

Brigitte sah trübe in die Augen von Frau Breitschnabel: „Dieser Konrad ist zu uns in den Geräteschuppen gezogen. Und als er weg war, hat sich Emil einquartiert – ohne zu ahnen, wessen Nest er übernommen hatte."

„Mein Emil!", schrie Frau Breitschnabel.

„Vor ein paar Tagen wurde der Komposthaufen von unbekannten Tauben überfallen, und Knut Tonner machte Konrad dafür verantwortlich. Darum fiel die Meute über das Nest her. Erst als es zu spät war, merkten sie, dass Konrad nicht mehr hier wohnte. Heiner und ich haben natürlich aus Angst geschwiegen. Aber Knut Tonner hatte offenbar kein Vertrauen in uns, dass wir weiter dichthalten würden." Sie machte eine Pause, dann fuhr sie fort: „Ich danke Ihnen, Sie haben mir das Leben gerettet. Ich werde Regensburg sofort verlassen und zu meiner Schwester nach Köfering ziehen."

„Um eines bitte ich Sie noch", sagte Gurrletta. „Bevor Sie losfliegen, müssen wir zum Ordnungsdienst. Diesem Knut Tonner muss das Handwerk gelegt werden!"

Frau Gerber erklärte sich nach einigem Zögern bereit. Das war sie ihren Lebensrettern und ihrem Ehemann schuldig.

Am folgenden Morgen, nachdem sie sich gestärkt hatte, deckte Brigitte Gerber die Hintergründe vor dem Untersuchungsleiter auf.

„Weil ihr alten Weiber in allem herumstochern müsst!", knurrte der Täuberich mürrisch. Er wusste natürlich von Knut Tonner und seinem Schlägertrupp und er wusste auch, dass so manches Verbrechen in Regensburg auf sein Konto ging. „Aber jetzt habe ich wenigstens was in der Hand gegen ihn", fügte er hinzu – noch immer unfreundlich. Er brachte es nicht über sich, den Privat-Ermittlerinnen seine Dankbarkeit zu zeigen. Offensichtlich hatte er keine große Lust, den risikoreichen Schlag gegen die Bande zu führen. Aber nun musste er handeln – das hatten ihm die „alten Weiber" eingebrockt.

Gurrletta und Frau Breitschnabel begleiteten Brigitte Gerber noch bis zum Dach der Wolfgangskirche. Von dort aus startete sie Richtung Köfering.

Die beiden Damen hockten sich auf eine Straßenlaterne am Rand der Kleingartenanlage. Wenig später überfluteten die Mitarbeiter des Ordnungsdienstes einen Garten im hinteren Bereich. Es entstand ein wildes Gurren und Kreischen, ein Aufflattern und Fliehen, und am Ende wurde Knut Tonner in die Innenstadt gebracht.

Als es still geworden war, flogen Gurrletta und Frau Breitschnabel auf eine Mauer unmittelbar am Ort des Geschehens. Der Komposthaufen lag befreit vor ihnen. Es krabbelte appetitanregend auf der Oberfläche. Doch die Damen wollten nicht hinunterflattern und sich dort verköstigen. Sie verspürten keine Lust auf das, was Knut Tonner mit so viel Brutalität verteidigt hatte. Sie speisten stattdessen im Bischofshof.

Für Gurrletta war es eine Selbstverständlichkeit, Frau Breitschnabel durch die lange Phase der Trauer zu begleiten. Die Mutter tröstete, dass auch später keine Hinweise auftauchten, die Emil mit dem „Roten Taubenschlag" in Verbindung brachten. Weiß Gott, was sich Emils Freund Fabian zusammengedichtet hatte.

Gurrletta dachte noch oft an Emil, den sie nie kennengelernt hatte: „So eine Pechtaube", seufzte sie jedes Mal. „Im entscheidenden Moment am falschen Ort!"

Das schusselige Täubchen

Die Septembersonne hatte viele Stunden in die Maximilian-
straße geschienen. Die Wärme steckte auch noch am späten
Nachmittag, als die Schatten der Geschäftsgebäude schon
die breite Paradestraße bedeckten, in den Steinplatten und
schmeichelte den Vogelfüßen. Gurrletta genoss ihren aus-
gedehnten Spaziergang. Immer wieder blieb sie vor Schaufenstern stehen und bewunderte die bunten Gegenstände.

Sie hatte keine Eile, nach Hause zu kommen, also
dachte sie nicht daran, zum Flug über die Häuserzeilen anzusetzen. Vielmehr bog sie gemächlich in den Fuchsengang. Über die Fröhliche Türkenstraße wollte sie Richtung
Neupfarrplatz bummeln.

Schon von weitem bemerkte sie ein Taubenmädchen,
das auffallend hektisch und häufig von einer zur anderen
Straßenseite sprang und dabei nervöse Blicke in ihre Umgebung warf. Als würde sie auf jemanden warten. Als Gurrletta an ihr vorübertappte, fragte sie unwillkürlich: „Kann
ich Ihnen helfen?"

„Oh, nein!", rief die junge Dame. „Oder doch! Sagen
Sie, das hier ist doch der Fuchsengang!"

„Jaja", bestätigte Gurrletta.

„Aha", seufzte die Unbekannte. „Kennen Sie eine Gasse
mit einem ähnlichen Namen?"

„Es gibt noch ein Fuchsgässchen. Das ist aber in Donau-
nähe."

„Nein, nein, das war es nicht."

Gurrletta sah sie fragend an. Jetzt wollte sie endlich wissen, welches Problem das Täubchen umtrieb.

„Entschuldigen Sie, ich glaube, ich habe mir einen Namen nicht richtig gemerkt. Vor lauter Aufregung!"

Gurrletta verschärfte ihren wissbegierigen Blick.

„Ich bin eigentlich mit einem Bekannten verabredet, aber er kommt nicht. Und vermutlich bin ich schuld daran, weil wir uns in Wirklichkeit ganz woanders treffen wollten. Da hab ich wohl was durcheinandergebracht."

Um den Taubenbackfisch etwas aufzumuntern, scherzte Gurrletta: „Nana, ein Rendezvous in einem Fuchsengang ist für ein Mädchen nicht ungefährlich!"

„Es war eben nicht der Fuchsengang!", heulte die junge Dame auf.

Ein Täuberich mischte sich ein. Er war betont lässig heranspaziert. Gurrletta kannte ihn: Eugen Wühl, der Freund eines Bruders einer Nachbarin. Diese hatte ihn Gurrletta bei einer zufälligen Begegnung am Watmarkt vorgestellt. Danach war er den beiden Damen eine Stunde lang nicht mehr von der Seite gewichen.

„Fuchsengang kommt ja nur mittelbar von einem gefährlichen Fuchs", schmunzelte Eugen Wühl. „Hier in der Gasse gab es mal eine Bäckerei, und der Bäcker hieß Georg Christoph Fuchs. Es besteht also kein Grund, sich vor fremden Männern zu fürchten!" Er streifte das Täubchen an den Schwanzfedern, gewiss nicht versehentlich.

Gurrletta und das Mädchen guckten.

„Entschuldigen Sie, wenn ich zugehört habe, aber ich kenne mich in der Regensburger Stadtgeschichte aus."

„Stadtgeschichte ist gut und schön, aber ich warte auf einen Mann! Vermutlich wartet *er* ganz woanders!"

„Was hast du dir denn gemerkt?", fragte Eugen Wühl.

„Ich bin mir sicher, es war ein Tier im Namen."

Eugen Wühl verdrehte seine dunkelorangen, beinahe roten Augen: „Da haben wir reichlich Auswahl: Fischgässel, Fischmarkt, Rehgässchen, sogar einen Rösselsteig und ein Einhorngässchen gibt es. Und eine Hundsumkehr! Wobei der Name Hundsumkehr nach aktuellem Forschungsstand nichts mit Hunden zu tun hat. Das mittelhochdeutsche Wort ‚unz' bedeutet so viel wie ‚umkehren'; und die Hundsumkehr ist eine Sackgasse!" Herr Wühl schmunzelte besserwisserisch und strich dabei dem Täubchen mit einem Flügel über den Rücken.

Gurrletta registrierte beruhigt, dass sich die junge Dame nicht von diesem peinlichen Anbandelungsversuch ablenken ließ. Sie verfolgte strikt ihr Ziel, den richtigen Namen zu finden. Sie musste heftig verliebt sein!

„Weitere Namen!", rief sie, um Eugen Wühl von seinen naseweisen Erklärungen abzubringen.

„Pfauengasse, Krebsgasse, Schwanenplatz."

Das Täubchen schüttelte enttäuscht den Kopf.

„Nicht zu vergessen das Kuhgässel. Das ist ungeheuer eng. Angeblich wurde darin ein Bäckerbursch von einer Kuh an die Wand gedrückt."

Das Täubchen schüttelte nach wie vor den Kopf.

Eugen Wühl fuhr fort; stolz, dass er noch andere Namen auf der Zunge hatte: „Goldene-Bären-Straße, Schwarze-Bären-Straße, Rote-Hahnen-Gasse, Weiße-Hahnen-Gasse, Rote-Löwen-Gasse. Da gab es früher überall Wirtshäuser mit diesen Namen", fügte er hinzu. „Auch in der Silbernen-Fisch-Gasse und in der Weißen-Lamm-Gasse und auch am Schwanenplatz. Was diesen Menschen alles einfällt! Kurios, welche Farben sie den Tieren zugeordnet haben: Der Schwan war silbern, der Pfau in der Pfauengasse war golden, und der Krebs in der Krebsgasse war ein blauer Krebs!" Eugen lachte auf, im Glauben, damit das Täubchen zu beeindrucken. Er packte noch ein weiteres Detail darauf: „Am Wiedfang gab es ein Gasthaus, das hieß ‚Zum Schwarzen Elefanten', weil dort im 17. Jahrhundert ein Elefant gezeigt wurde."

Plötzlich blitzte in der jungen Dame eine Erinnerung auf. „Ich weiß es! Es hatte etwas mit einem Vogel zu tun."

Spontan fielen Gurrletta zwei Gassen ein: das Taubengässchen und das Straußgässchen.

Eugen Wühl wusste natürlich noch sehr viel mehr: „Adlergasse, Amselweg, Drosselweg, Finkenweg und nicht zuletzt das Spatzengässchen, eine Abzweigung von der Lederergasse. Hier befand sich mal das Kreisbüro der SPD Niederbayern/Oberpfalz, und dort wurde auch die ‚Volkswacht' herausgegeben. Im Mai 33 haben die Nazis das Haus verwüstet und an sich gerissen."

„Das mag schon sein, aber ...", drängte das Täubchen.

„Ich fürchte fast, dein Süßer wollte dir einen Bären aufbinden. Oder hat er Fasanerieweg gesagt? Oder gar Schwalbenneststraße? Oder gar Rabenkellerweg?" Dabei grinste er. „Wir sollten besser gemeinsam am Neupfarrplatz ein paar Kuchenbrösel picken!"

Gurrletta schob sich zwischen die beiden und fragte das Taubenmädchen: „Denken Sie nach, es fällt Ihnen wieder ein! Schnell! Am Ende denkt der junge Mann, Sie wollen ihn versetzen!"

„Eben!", rief sie. „Es war ein kurzer Name."

„Klang er so ähnlich wie Fuchsengang?", bohrte Gurrletta.

„Wahrscheinlich! Ja! Es war ein ‚Gang' am Ende.

Gurrletta schrie auf: „Entengang!"

„Ja!", jubelte das Täubchen. „Entengang!"

Eugen Wühl kicherte verächtlich.

„Wo ist der Entengang?"

Gurrletta wusste auch das: „An der Ecke Petersweg/Emmeramsplatz. Gegenüber dem Tor zum fürstlichen Garten."

Die Verliebte jauchzte und umflügelte Gurrletta euphorisch. Dann schoss sie in die Luft und verschwand Richtung Westen.

Eugen Wühl sah ihr nach. „Diese jungen Dinger, flattern jedem Streuner nach!" Er wandte sich zu Gurrletta. „Der Entengang hat übrigens nichts mit Enten zu tun – darum bin ich nicht draufgekommen! Das könnte man zwar meinen, weil sich ja in der Nähe der Weiher des Schlossparks befindet; und früher floss hier obendrein der Vitusbach. Nein, der Name geht zurück auf das altbairische Wort ‚enterisch', was soviel heißt wie: gruselig, unheimlich. Kein Wunder. Nördlich der Emmeramskirche war ein Friedhof mit einem Beinhaus. Und daran führte dieser Entengang vorbei. Er war also ein ‚unheimlicher' Gang, ein ‚enterischer' Gang!" Er schüttelte den Kopf. „Und da trifft sich das Mädel mit ihrem Süßen!"

„Das wird den beiden egal sein. Hauptsache, sie finden sich", antwortete Gurrletta spitz.

„Naja, dann viel Spaß!", bemerkte Eugen Wühl. Und er setzte hinzu: „Haben Sie schon was vor?"

„Ja!", sagte Gurrletta kurz und flog eilig davon.

Rätselhafte Aida

Bereits seit einer guten Stunde tappte Gurrletta in der Drei-Mohren-Gasse auf und ab, unablässig ihren Blick auf ihr Lieblingscafé gerichtet, in der Hoffnung, ein Stück eines Croissants zu ergattern. Doch das Wetter war heute zu kühl, um Menschen an die kleinen Tische zu locken. Das Kaffeehausleben spielte sich im Inneren ab, zu dem Gurrletta keinen Zugang hatte. Die Menschen, die an der Theke für zuhause einkauften, trugen die Gebäckstücke in dichten Tüten an ihr vorbei. Und die zwei Paare, die der Kälte trotzten, tranken nur Cappuccino, Glühwein und Tee. Sie kamen nicht auf die Idee, Croissants zu bestellen. Es war ein Jammer!

Als zum dritten Mal die verwitwete Frau Hagenbach an ihr vorübermarschierte und freundlich grüßte, überkam Gurrletta die Angst, sie könnte inzwischen zwanghaft oder gar lächerlich wirken. Also brach sie ihre Observation ab und spazierte Richtung Bismarckplatz.

An der Seitenwand des Stadttheaters, in der Ladezone vor dem Kulisseneingang, stand ein Lastwagen. Der Laderaum war geöffnet. Gurrletta lugte aus sicherer Entfernung hinein. Ein auffallend dunkelgrüner Täuberich flatterte darin umher. Gurrletta fand ihn sehr mutig, denn ihre Mutter Renata Scottini war ja einst im Laderaum eines Weinlieferwagens eingesperrt und nach Regensburg gefahren worden. Aber der Täuberich schien diese Befürchtung nicht zu haben. Mit großem Spaß zog und flog er Gegenstände, für die seine Körperkräfte ausreichten, an andere Plätze. Er zupfte eine Papierblume von einem künstlichen Baum und steckte sie in eine Kiste mit Werkzeug. Dort packte er einen kleinen Schraubenzieher, den er anschließend auf einen Rokokostuhl legte. Dann rupfte er Bänder aus einer Schachtel und schmückte damit einen Besen. Wenn ihm ein solches Kunststück gelungen war, jauchzte er zufrieden.

Endlich kam ein Bühnenarbeiter aus dem Theatergebäude. Der kräftige, knochige Mann in schwarzem Overall kannte offensichtlich den Täuberich. Anstatt in Wut auszubrechen, amüsierte er sich über die Albereien des Eindringlings. Doch schließlich trieb er ihn ins Freie und schloss die Türen.

Keuchend landete der Täuberich in unmittelbarer Nähe von Gurrletta.

Diese sah sich zu einer Reaktion genötigt: „Entschuldigen Sie, dass ich Sie beobachtet habe."

„Habe ich gar nicht gemerkt!", lachte der Täuberich.

Gurrletta fuhr fort: „Ich hatte nur Angst, Sie könnten eingesperrt werden. Das ist schnell passiert."

Der Täuberich ordnete seine Flügel. „Keine Sorge, der Mann kennt mich und meine Späße. Der weiß, wenn er mich einsperrt, dann mach ich ihm alles voll." Dazu kicherte er derb. Er bemerkte, dass sich der Bühnenarbeiter hinter das Lenkrad schwang. „Wir müssen jetzt aus dem Weg gehen, der fährt gleich los."

Der Motor wurde angelassen, und die Räder begannen zu rollen. Der Täuberich und Gurrletta wichen Richtung Bismarckplatz aus.

„Ich bin Tilman und ich wohne hier." Dabei deutete er mit dem Schnabel auf das Theater. „Oben im Dach."

Gurrletta verwendete in Gesprächen mit flüchtig Bekannten niemals den Vornamen, erst recht nicht das „Du". Aber dieser Tilman zählte sich offenbar zu den Handwerkern, in deren Kreisen man sich ja gewöhnlich auf diese Weise anredet. Da sich Gurrletta für seine Wohnumgebung interessierte, stieg sie auf diese Ebene herab. Zum „Du" konnte sie sich allerdings nicht überwinden: „Ich heiße Gurrletta. – Aber sagen Sie, Tilman, hören Sie denn von Ihrer Wohnung aus die Musik?"

„Ja, klar!", antwortete Tilman. „Und noch mehr: Ich weiß einen Kabelschacht, über den man in den vierten Rang schlüpfen kann. Da stehen nur Scheinwerfer herum, aber wenn man sich auf das Geländer setzt, hat man einen tollen Blick auf Bühne und Musiker."

Tilman flatterte auf den Sockel der Stadtmusikantinnen-Plastik vor dem Hauptportal des Theaters.

Gurrletta fragte vorsichtig: „Und – gehen Sie häufig in Vorstellungen?"

Doch Tilman zeigte nicht annähernd die Verzückung, die Gurrletta bei diesem Thema befiel.

„Naja ..." Tilman sprang zurück auf das Pflaster. „Ehrlich gesagt: Schauspiele kapier ich nicht und Opern nur ganz selten – obwohl mir die Musik meistens gefällt. Ich bin ja eigentlich nur auf das Theaterdach gezogen, weil ich das Nest von meiner verstorbenen Tante übernehmen konnte. Anfangs habe ich mir ziemlich Mühe gegeben, eine kulturinteressierte, gebildete Taube zu werden, inzwischen ärgere ich lieber die Bühnenarbeiter. Ich weiß auch nicht, was da bei mir nicht stimmt. Vermutlich bin ich einfach zu blöd für die Kunst."

„Aber, Tilman, das dürfen Sie nicht sagen!"

„Wenn du unbedingt mal in die Oper willst, dann kann ich dich gerne reinschleusen. Such dir was aus! Du triffst mich meistens vorm Kulissentor."

Gurrletta wollte nun von ihrer großen Leidenschaft für die italienische Oper erzählen, auch von ihrer Mutter Renata Scottini, die ja in der Arena von Verona gelebt hatte, doch Tilman flog überraschend davon, um einen Putzlappen in die Luft zu werfen, der beim Wegfahren vom Lastwagen gefallen war.

„Für die Oper muss man eben fähig sein, das künstlerisch Überhöhte als tief empfundene Äußerung wahrzunehmen", dachte Gurrletta. Dabei streckte sie selbstgefällig den Hals.

Plötzlich traf ihr Blick auf ein Plakat, das im Schaufenster beim Eingang hing. „Aida" stand darauf, und auf einem angeklebten Zettel: „heute".

Gurrletta geriet in Aufregung. Aida! Ihre Mutter hatte immer wieder von prächtigen Aida-Aufführungen in Verona erzählt. Das Meisterwerk Giuseppe Verdis spiele im Alten Ägypten, daher sei die Bühne voll gewesen mit Pyramiden und Tempelbauten, dazu Hunderte von Sängerinnen und Sängern in bunten Kostümen. An ein traumhaftes Ballett konnte sich die Mutter erinnern, auch an Kamele und Elefanten. Ganz zu schweigen von der Musik! Den Triumphmarsch gurrte sie oft von den Dächern und abends, beim Schlafengehen, summte sie gerne das Liebesduett, mit dem die Oper endet. Eine wundervoll melancholische Melodie.

Gurrletta musste unbedingt in die Vorstellung!

„Okay", sagte Tilman, nachdem sie nervös zu ihm geflattert war. Er hatte noch immer mit dem Putzlappen gespielt. „Kein Problem, das kriegen wir hin! Treffen wir uns am Giebel über dem Eingang."

Die folgenden Stunden traute sich Gurrletta nicht, größere Ausflüge zu unternehmen. Sie hatte Angst, sie könnte sich überanstrengen, sodass sie in der Oper zu müde sein würde, um all die Herrlichkeiten, die sie erwarteten, mit klarem Kopf genießen zu können. Als der Abend hereinbrach, putzte sie sorgfältig ihre Federn. Sie wollte, obwohl ihr die Natur nur ein überwiegend graues, schlichtes Kleid mitgegeben hatte, so gut wie möglich mit den Damen in ihren glitzernden Abendroben mithalten. Und ihren Sonnenhut setzte sie auf. Der war ein raffiniertes Detail.

Wie versprochen, holte Tilman sie an der Vorderseite des Theaters ab. Über eine lose, verschiebbare Dachschindel gelangten sie auf den Speicher. Von dort aus führte ein schmaler Schacht mit Kabelsträngen zu einem Loch in einer finsteren Ecke des vierten Ranges. Gurrletta hatte Mühe, ihren Sonnenhut vor Beschädigungen zu bewahren. Wie Tilman erzählt hatte, war dieser Bereich für das Publikum gesperrt und der Lichttechnik vorbehalten. Etliche Scheinwerfer standen umher oder hingen an Stangen, die zwischen kleinen Säulen montiert waren. Der Theatersaal, in festlichem Weiß, Rot und Gold gehalten, füllte sich soeben mit den Zuschauern.

„Da, setz dich hier am Rand auf die Brüstung. Aber schau, dass du im Schatten bist. Ab und zu kommen Techniker herauf und die mögen keine Tauben da heroben.

Wenn die Vorstellung aus ist, schlüpf wieder durch den Schacht. Ich bring dich dann nach draußen."

„Wie soll ich Ihnen danken?", sprach Gurrletta glücklich.

„Keine Ursache. Wenn dir sowas gefällt ..." Tilman verschwand kopfschüttelnd im Schacht.

Gurrletta hüpfte an das äußerste Ende des halbkreisförmigen vierten Rangs, direkt über dem Orchester, und verharrte. Sie war ein wenig enttäuscht über ihren Platz, denn von hier aus konnte sie, wenn sich der Vorhang geteilt haben würde, kaum in die Bühne hineinsehen. Auch sie selbst sollte sich nicht vorm übrigen Publikum präsentieren dürfen!

Als endlich der riesige Lüster in die Höhe fuhr und die Lichter verloschen, entstanden um sie herum viele neue Schattenplätze. Gurrletta wagte es, auf einen mittigen Platz zu wechseln, auf einer Stange unmittelbar neben einem Scheinwerfer. Von hier aus hatte sie beste Sicht, und von aufmerksamen Zuschauern konnte sie bewundert werden.

Bald danach schlängelte sich der Dirigent durch die Reihen seiner Musiker. Er verneigte sich, zum Publikum gewandt. Die Menge begrüßte ihn mit einem kurzen Applaus. Schließlich drehte er sich nach vorne und strich mit seiner Linken zärtlich über die Partitur, um die erste Seite zu glätten. Die Rechte mit dem Stab hob er hoch über die Musiker.

Gurrletta hielt den Atem an. Jetzt würde sie gleich zum ersten Mal in ihrem Leben ein Orchester hören, das obendrein Musik von Giuseppe Verdi spielte.

Aus den Streichinstrumenten floss eine wundervolle Melodie: samtig, fast ein wenig süßlich. Doch gerade diese

Süßlichkeit ergriff Gurrletta zutiefst. Sie führte sie weit weg vom unerträglichen Lärm, der auf den Regensburger Gassen und Plätzen regiert. „So klingt also die Liebesgeschichte, die ich miterleben werde", dachte sie.

Der Vorhang bewegte sich. Der Blick in das Alte Ägypten stand unmittelbar bevor. Gurrletta wurde heiß und kalt, sie schärfte ihre Augen.

Aber was gab der Vorhang frei? Die Bühne zeigte ein hässliches Wohnzimmer mit Wänden aus furniertem Holz und einer grauen Couchgarnitur, so abstoßend wie die Möbel in den Werbebroschüren, die überall herumlagen. Und wenn sie in der Einflugluke ihres Turmes saß und den Hals weit nach vorne streckte, konnte sie in ein Wohnzimmer sehen, das dem Wohnzimmer auf der Bühne sehr ähnlich war. Doch das Bühnenwohnzimmer fand sie noch erheblich hässlicher!

Jetzt kamen zwei Männer herein, die moderne Anzüge mit Krawatten trugen. Sie wirkten, als habe man sie eilig aus dem Publikum geholt und auf die Bühne gebeten, weil sich die wirklichen Sänger kurz vor der Vorstellung krankgemeldet hatten. Wenigstens sangen sie schön und sie wussten den Text. Was jedoch Gurrletta umso mehr verwirrte, denn die beiden konnten dann ja unmöglich aus dem Publikum stammen.

Gurrletta hätte nun nicht mehr beschwören wollen, dass sie tatsächlich in Aida saß. Sie kannte ja lediglich den Triumphmarsch und die Melodie des Liebesduetts. Diese Stücke waren bislang nicht erklungen. Also konnte sie ja durchaus einem Irrtum zum Opfer gefallen sein. Womöglich besuchte sie eine ganz andere Oper oder eine Parodie auf

Aida. Oder eine Quizsendung, und gleich würde ein Moderator auftreten und die Leute fragen: „Was stimmt hier nicht? – Die Musik ist von Verdi, aber woher sind die Möbel?" Vielleicht wollte ja irgendjemand die Möbel in wenigen Minuten zum Kauf anbieten, und man spielte die Musik nur zur Einstimmung!

Gurrletta hielt alles für möglich. Ihr Rätseln verstärkte sich, als auf der Bühne Sekt und Bier getrunken wurden und Damen auftraten, in Kleidern, so ungewöhnlich, dass sie niemand in Ägypten und niemand im Zuschauerraum tragen würde. Als schließlich Soldaten in olivfarbenen Uniformen hereinstürmten, bewaffnet mit Maschinengewehren, wusste Gurrletta endgültig: Sie war in eine Absurdität geraten!

Sie beobachtete auf ihrem Platz im Schatten des Scheinwerfers fassungslos das Treiben auf der Bühne. Gelegentlich wippte sie mit dem Kopf im Rhythmus der Musik, gelegentlich geriet sie ins Träumen, wenn sie eine Melodie umschmeichelte und in die Luft heben wollte. Bald danach holte sie jedoch ein weiteres Rätsel in das Meer ihrer Fragen zurück.

Nach einer guten Stunde schmetterte ein Chor eine wuchtige Hymne. Die Sängerinnen und Sänger standen im Inneren des Wohnzimmerschranks, der für diesen Auftritt geöffnet worden war. Trompeter traten in die beiden Logen des dritten Ranges unmittelbar über dem Orchester. Sie hoben die Instrumente und bliesen den Triumphmarsch. Gurrletta erkannte ihn sofort und durfte nun endlich sicher sein, dass sie die Musik der Aida hörte. Von Kamelen und Elefanten, von denen ihre Mutter geschwärmt hatte, fehlte natürlich jede Spur. Stattdessen wurden unten auf der Bühne Luftschlangen durch das Wohnzimmer gepustet.

Der Marsch ergriff Gurrletta. Sie reckte unwillkürlich den Hals und begann zu gurren. Laut und unbedacht. Dass das restliche Publikum stumm und konzentriert der Musik folgte, nahm sie in ihrer Verzückung nicht wahr.

„Hab ich dich!", zischte plötzlich eine menschliche Stimme. Und sogleich umfassten zwei kräftige Hände ihren Körper. Gurrletta versuchte, sich an der Stange festzukrallen, aber der Mann riss sie mit Mammutkräften an sich heran. Er wollte sie offenbar aus dem Raum tragen, doch Gurrletta ließ sich diese Pöbelhaftigkeit nicht gefallen. Als sich der Mann an einem Scheinwerfer vorbeizwängen musste, nutzte sie die Gunst des Augenblickes und schlug ihren Schnabel in einen seiner Finger. Der Rowdy schrie auf, und Gurrletta kam frei.

Wohin nur? Gurrletta floh auf die Bühne. Sie landete auf einer Kommode. Sofort wollte sich ein Soldat mit Maschinengewehr auf sie stürzen. Gurrletta erkannte die neuerliche Gefahr und flatterte hinauf ins Bühnenhaus. Dort entdeckte sie das Geländer einer Arbeitsgalerie. Hier war es dunkel, hier fühlte sie sich sicher. Niemand hatte wohl genau gesehen, wohin sie verschwunden war, und während der Vorstellung würde man sie gewiss nicht weiter verfolgen – zumindest, solange sie nicht auffiel.

Gurrletta saß stumm und bewegungslos; froh, auf der Flucht wie durch ein Wunder nicht den Sonnenhut verloren zu haben. Von hier oben sah sie herab auf den grauen Teppichboden und die Helme, Hüte und Perücken der Sänger. Den Fragen, die sie im vierten Rang beschäftigt hatten, ging sie nicht weiter nach. Sie war damit zufrieden, die Musik hören zu können.

Beim Liebesduett, ganz am Ende der Oper, zwang sie sich, den Schnabel zu halten. Mit den Schlussakkorden schlief sie ein.

Eine große Kiste wurde über den Boden gezogen. Der Lärm weckte Gurrletta. Der Bühnenarbeiter, mit dem sich Tilman so gut verstand, hatte das Tor zur Gasse geöffnet und entlud soeben sein Transportfahrzeug. Andere waren gerade dabei, das Wohnzimmer abzubauen. Gleichzeitig entstand aus Stellwänden mit aufgemalten Türen und Fenstern ein anderes Bühnenbild.

Gurrletta streckte ihre Flügel und flog hinaus ins Freie.

„Ah, da bist du ja!", rief eine Stimme, als sie neben dem Lastwagen gelandet war. Tilman hockte auf einem Topf mit Plastikblumen. „Wie war die Aida?"

„Die Musik war herrlich", antwortete Gurrletta. „Aber das Bühnenbild und die Kostüme hatte ich mir anders vorgestellt. Ich dachte, wenn eine Oper im Alten Ägypten spielt, dass man dann auch das Alte Ägypten sieht."

„Von sowas habe ich keine Ahnung", sagte Tilman. „Ich habe bloß mal nach einer Vorstellung zwei Zuschauer belauscht, die ebenfalls das Alte Ägypten vermisst haben. Dann hat ein anderer gesagt, das sei eben das ‚moderne Regietheater'. Dafür sei nicht jeder intelligent genug."

Gurrletta erschrak. Sofort wechselte sie das Thema. „Aber die Musik war wunderschön, wie gesagt. Als ich mitsang, wurde ich von einem Grobian vertrieben. Ich saß zuletzt oberhalb der Bühne – darum bin ich nicht mehr zu Ihnen gekommen."

„Ich habe mir schon gedacht, dass du einen anderen Weg gefunden hast."

Der Arbeiter brachte aus dem Bühnenraum einen Abfallkorb. Darin befanden sich die Luftschlangen, die während der gestrigen Vorstellung durch das Wohnsimmer geflogen waren.

Tilman hatte offenbar darauf gewartet. „Ich freue mich immer auf Aida", lachte er. Er sprang vergnügt in das bunte Papierwirrwarr und schlug mit den Flügeln. „Du kannst gerne auch mal."

Als Taubenmädchen wäre Gurrletta hinterhergesprungen, aber inzwischen waren ihr derartige Vergnügungen zu infantil. Nun, Tilman schien nicht viel jünger als sie zu sein und er war trotzdem zu einer solchen Alberei fähig. „Womöglich liegt das am Theater", dachte sie und war sogleich schockiert über diesen möglichen Zusammenhang. Sie wollte den Gedanken nicht fortspinnen, um die Musik, die noch durch ihren Kopf zog, nicht zu verlieren. „Nein, danke", rief sie Tilman zu. „Und nochmals herzlichen Dank fürs Einschleusen."

Tilman johlte nur kurz.

Gurrletta schritt vor ihr Lieblingscafé. Vielleicht ließ sich ja heute ein Croissantstück finden.

Seltsam

Wenn Gurrletta an der Einflugluke des Goldenen Turmes saß und die Augen schärfte, konnte sie das Nest von Ludwig Obermüller sehen. Es steckte in einer Lücke zwischen zwei Bürgerhäusern, gut geschützt gegen schlechtes Wetter. Einen Meter darunter befand sich eine nahezu waagrechte Dachfläche. Wäre der Platz etwas größer, hätten die Menschen sicherlich eine Tür in die angrenzende Mauer geschlagen und einen Balkon daraus gemacht. So aber war er einzig Ludwig vorbehalten.

Ludwig, ein hochgeschossener und leicht vergeistigter Bursche, war der jüngste Spross der Obermüllers, die weit außerhalb der Altstadt im Turm der Lukaskirche wohnten. Erst vor wenigen Tagen war er von den Eltern weggezogen. Herr Obermüller, der die halbe Taubenbevölkerung Regensburgs kannte, hatte ihm dieses exklusive Nest besorgt. Dessen Vorbesitzer war im Laufe des Sommers verstorben.

Gurrletta hatte dies von Frau Obermüller erfahren, die als Mädchen Gurrlettas Nachbarin gewesen war; und sie war es auch, die ihr Ludwig bei einer zufälligen Begegnung vorgestellt hatte. Ludwig, in schwungvoller Begeisterung für sein neues, unabhängiges Leben, zeigte Gurrletta tags darauf seine Junggesellenbehausung. Gurrletta war beeindruckt, denn man konnte von hier aus den gesamten Kohlenmarkt und den Rathausplatz überblicken. Nur der laute Betrieb störe ihn gelegentlich, meinte Ludwig. Hauptsächlich

in den Nachtstunden, wenn Touristen und Studenten grölend über das Pflaster stolperten.

Vor dem Ausfliegen hielt Gurrletta nun jeweils inne, um
hinüber zu ihrem jungen Nachbarn zu spähen. Meist war er
nicht zu entdecken. Dann schlief er wohl in seinem Nest oder
er vertrieb sich mit seinen Freunden die Zeit.

Heute jedoch sprang er auf der kleinen Dachfläche
umher. Gurrletta konnte aus ihrer Perspektive nur seinen
Kopf erkennen, der lebhaft auf und nieder ging. In kurzen
Abständen flatterte er auf eine Zinne der Hausmauer. Hier
lagen irgendwelche Gegenstände, vermutlich Zweige und
diverse Fundstücke, die er mit dem Schnabel packte und
nach unten zur Terrasse trug.

Baute er ein größeres Nest? Gurrletta rätselte. Offenbar.
Sie lächelte. Ludwig hatte sich also verliebt und wollte der
Glücklichen etwas bieten. Natürlich hätte Gurrletta die Terrasse nun neugierig überfliegen können, aber womöglich
hätte er sie dabei bemerkt. Sie wollte keinesfalls, dass er
sich beobachtet fühlte.

Als sie ihn am Nachmittag am Roten Herzfleck beim
Alten Rathaus antraf, spazierte sie auf ihn zu.

„Haben Sie sich schon eingelebt, Ludwig?", fragte
Gurrletta lauernd. Sie hoffte, er würde mit ihr eine muntere
Unterhaltung beginnen und Neuigkeiten ausplaudern, vielleicht ja sogar von einer Herzensflamme erzählen. Doch er
wirkte seltsam verstört und unaufmerksam. Sie waren umgeben von zahllosen Touristen. Eine Gruppe strömte soeben
die Steintreppe neben dem Reichssaalgebäude herab. Ein-
gesessene Altstadttauben wie Gurrletta sind mit diesem
Rummel vertraut. Sie wissen, diese Leute sind im All-

gemeinen nicht gefährlich; im Gegenteil, sie lassen, wenn sie müde auf den Stufen hocken, Brocken ihrer Imbissbrote auf den Boden fallen. Natürlich musste Ludwig eine Eingewöhnungsphase zugestanden werden, aber Gurrletta fand, dass er sich verdächtig leicht ablenken ließ. Er verfiel in eine Art Trance, wenn sich ein Besucher der Welterbe-Stadt vor die Fassade des Rathauses stellte und Fotos schoss. Erst nachdem dieser seine Kamera vom Auge genommen hatte, schien Ludwig wieder von Gurrletta Notiz zu nehmen. Dann jedoch nur für einen Moment, denn im nächsten wurde er von einem Japaner mit Camcorder aufgeschreckt.

Das Gespräch zwischen beiden stockte nach wenigen Wortwechseln, und Ludwig verabschiedete sich mit der unglaubwürdigen Entschuldigung, er müsse noch etwas Dringendes erledigen.

Ab dieser Begegnung war Gurrletta in Sorge, mit dem jungen Mann könnte irgendetwas nicht stimmen. Sie sah sich gezwungen, ihren Vorsatz aufzugeben, seine Privatsphäre zu wahren. Also überflog sie mehrmals sein Haus, so oft und so tief, bis sie genügend von der Terrasse gesehen hatte. Aber ihre Wahrnehmung führte zu einem noch viel größeren Rätsel: Auf der Dachfläche lag nämlich eine Unmenge an Kleinteilen. Sie waren nicht chaotisch verstreut, sondern in eine mysteriöse Ordnung gebracht. Eine Ordnung, die wohl nur Ludwig durchblickte – oder, und nun befiel Gurrletta Grausen, eine unbekannte Person. Zeichnete Ludwig Symbole für eine geheime Macht, die ihn beherrschte? Hatte ein Verbrecher von seinem Leben Besitz ergriffen, der Schutzzahlungen erpresste, und Ludwig beschrieb auf diese Weise das Versteck, wo sich beispielsweise Regenwürmer befanden? Oder wollte der Guru einer Sekte durch diese Zeichen angebetet werden? Oder stand Ludwig gar in Kontakt mit außerirdischen Tauben, die mit wichtigen Informationen über Regensburg versorgt werden mussten?

Gurrlettas Fantasie war so sehr in Wallung, dass sie alles für möglich hielt. „Auf jeden Fall aber", so dachte sie, um sich zum Kern des Problems zurückzuholen, „ist der arme Junge in eine üble Situation geraten – nur wenige Wochen nach seinem Auszug aus seinem Elternnest." Gurrletta musste eingreifen! „Mit den Eltern reden? Nein, das würde zu nichts führen", überlegte sie. Ihre Befürchtungen könnten diese zu hysterischen Reaktionen treiben, die mehr Schaden als Nutzen zur Folge hätten. Hilfe von außen holen? Nein, auch das nicht. Die Sachlage war zu vieldeutig, um exakt bei der richtigen Stelle oder Person Unterstützung erbitten zu können. Sie musste die Angelegenheit selbst in die Hand nehmen, also Ludwig in ein taktisch kluges Gespräch verwickeln. Morgen wollte sie zu ihm fliegen.

Der Zufall unterstützte Gurrletta. In der folgenden Nacht ging Regen nieder. Als Gurrletta kurz nach Sonnenaufgang hinüber zu Ludwig blickte, war er mit auffälliger Hektik am Werk. Offenbar waren durch den Niederschlag die Teile verrutscht, und nun war er dabei, die mysteriöse Ordnung wieder herzustellen. Das war ein guter Augenblick, den Hebel anzusetzen.

„Kann ich Ihnen irgendwie helfen?", begann sie. Sie saß in höflicher Entfernung auf einem Schneefanggitter.

Ludwig erschrak. „Nein, nein, da kann mir niemand helfen." Er hüpfte auf die Zinne.

Gurrletta schien es so, als wolle er damit ihren Blick von den Figuren lenken. Die einzelnen Teile waren in der Tat stark verschoben.

„Das ist aber ein schönes Bild", fuhr Gurrletta beharrlich fort. „Schade, dass es der Regen so in Mitleidenschaft gezogen hat."

„Jaja … wirklich … wirklich schade …", stotterte Ludwig.

„Das ist aber eine spannende Idee, das Dach auf diese Weise zu schmücken."

Ludwig tappte auf und ab, guckte mal in die Ferne, mal hinüber zu Gurrletta. Eine unerklärliche Erregung hatte sich in seinem Wesen breitgemacht. Endlich rief er: „Frau Steinhöfl, seien Sie mir nicht böse, aber ich muss ungestört weiterarbeiten. Sonst krieg ich das nicht mehr so hin."

„Was soll es denn werden?", setzte Gurrletta hinzu; doch sie merkte sofort, dass ihre Frage nicht wahrgenommen worden war. Ludwig achtete nicht mehr auf sie. Er war längst dabei, seine Zweige, Blätter, Papierstücke und Plastikteile in ihre offenbar zwangsläufige Position zu rücken.

Gurrletta war ratlos. Wie sollte sie Ludwig von diesem Wahnsinn abbringen? Wie konnte sie den Anlass, der ihn in diesen Wahnsinn trieb, ausschalten? Sie beobachtete den jungen Mann über den ganzen Tag hinweg. Mal lugte sie aus ihrem Fenster im Patrizierturm, mal saß sie auf dem Dach des Rathauses, mal auf einem Kamin. Ludwig schuftete pausenlos. Er flog auch nicht aus, um Nahrung zu besorgen. Irgendwann also, darauf spekulierte Gurrletta, würde er entkräftet zusammensinken. Spätestens dann musste es für ihn an der Zeit sein, sein Schweigen zu brechen.

In der nächsten Nacht kam es noch schlimmer. Der Regen prasselte stundenlang auf Pflaster und Dächer. Ludwigs Figuren mussten jetzt gänzlich in die Rinne gespült werden, mutmaßte Gurrletta, während sie in den Regenschleier blickte. Die Häuser, zwischen denen Ludwigs Nest steckte, befanden sich irgendwo in einem Nebel aus Nässe und Dunkelheit.

Erst in den frühen Morgenstunden endete der Regen. Gurrletta flog zu Ludwig. Er lag bewusstlos in seinem Nest und fantasierte vor sich hin.

Gurrletta besorgte vom Kohlenmarkt ein Brotstück. Dann flößte sie Regenwasser in seinen Schnabel. Allmählich erwachte er. Gurrletta fütterte den Burschen mit weichen Krümeln.

„Jetzt hat der Regen alles vernichtet", flüsterte er endlich.

„Was hat er denn vernichtet?", fragte Gurrletta sanft.

„Jetzt habe ich nichts mehr für später."

Sie blickte erstaunt in sein Gesicht.

„Für später. Alles ist weggeschwommen."

„Es sind doch nur ein paar Zweige und Blätter weggeschwommen."

„Alles, alles ist weggeschwommen!" Er schluchzte.

„Was denn noch?"

„Mein Kumpel Karl hat gesagt, die heben ihre Erinnerungen auf."

„Wer?"

„Na, die Touristen vorm Rathaus. Die halten alles fest, damit sie was für später haben. Aber das Schlimme ist, wir dummen Tauben haben ja keine Fotoapparate."

Gurrletta dämmerte, in welchen Irrsinn sich Ludwig verstiegen hatte. „Haben Sie deshalb die Figuren gelegt?"

„Ich musste doch irgendwie meine Erinnerungen festhalten. Das habe ich mit diesen Figuren versucht. Merkfiguren. Sonst sind sie doch gleich weg, und ich habe nichts für später."

„Glauben Sie, Ludwig, die Touristen schauen sich die Unmenge an Fotos jemals an – später? Ich kann mir das nicht vorstellen."

Ludwig horchte auf.

„Aber Ludwig! Sie haben gedacht, Sie machen das klüger als alle anderen Tauben. Ich bin mir sicher, ohne diesen Dokumentationszwang lebt es sich besser!"

„Was? Ich muss das *nicht* alles festhalten?"

„Nein. Welche Taube macht sowas? Und wir sind trotzdem glücklich."

Ludwig begann erleichtert zu heulen. Eine schwere Last hatte sich aufgelöst. „Wirklich? Ich wollte doch nur von den Touristen lernen."

Gurrletta lächelte und fuhr mit dem Flügel über seinen nassen Kopf: „Ab und zu können die Touristen ja ein Foto machen. Dagegen ist nichts zu sagen." Beide schwiegen eine Weile. „Ich finde es gut, dass es heute Nacht so viel geregnet hat."

Ludwig wusste nichts darauf zu antworten.

Binnen weniger Tage kehrten seine Kräfte zurück, und er wurde wieder ein witziger, hochgewachsener Bursche, der mit seinen Kumpels ausflog und Späße trieb.

Gurrletta zog ein paar Wochen später aus einem Ständer mit Ansichtskarten eine besonders gelungene Aufnahme des Alten Rathauses. Die legte sie, als Ludwig gerade unterwegs war, in sein Nest. Kurze Zeit darauf, bei einer Begegnung vor dem Hofbräuhaus, bedankte er sich dafür lachend. „Ich weiß ja eh, wie das Rathaus ausschaut!"

„Ein schönes Foto. Mehr nicht", antwortete sie. „Kann man aufheben oder wegwerfen."

Ludwig grinste.

Der Scharlatan

Will man Regensburgs Touristen ärgern, so schickt man sie in das Viertel zwischen Gesandtenstraße und Emmeramsplatz. In diesem Labyrinth aus vertrackten Häuserzeilen, Hinterhöfen und Gassen werden sie sich unweigerlich verlaufen. Die Altstadttauben hingegen sind ortskundig. Mühelos finden sie sich hier zurecht, auch ohne den steinernen Wildwuchs von oben zu betrachten.

Gurrletta spazierte an einem milden Oktobervormittag von der Ortnergasse über die Silberne-Fisch-Gasse in das Grüne Gässchen. Sie gurrte leise die Gilda-Arie aus „Rigoletto" und ahnte nicht, dass sie sogleich Zeugin eines dramatischen Vorfalles werden sollte.

Eine Menschenfrau, die gerade ihre Einkäufe durch die Gasse schleppte, erhielt einen Anruf auf dem Handy. Beim Herausziehen des Telefons hantierte sie so ungeschickt, dass eine Packung mit Trauben-Nuss-Müsli aus ihrer überfüllten Plastiktüte rutschte. Sie merkte nichts von dem Verlust und verschwand Richtung Emmeramsplatz.

Das beobachtete Gurrletta aus der Ferne. Da sie vor einer Stunde gut gespeist hatte, interessierte sie die Müsli-Packung nicht. Der Inhalt war ohnehin in Folie eingeschweißt, sodass es unrentabel große Mühe verursacht hätte, an das Futter zu gelangen.

Alfred und Lotte Käser dachten anders. Ihr Nest befand sich unter einem nahegelegenen Giebeldach. Als sie das

Herabfallen der Müsli-Packung bemerkten, warteten sie eine Weile, bis die Frau um die nächste Ecke gebogen war, dann warfen sie sich auf die Beute. Alfred Käser begann, wild auf die Folie einzupicken. Lotte Käser sprang darauf herum, in der Hoffnung, ihr Körpergewicht würde die Tüte zum Platzen bringen.

Gurrletta fand ihr Verhalten unverantwortlich, denn ihre Brut blieb unterdessen unbeaufsichtigt. Tatsächlich beugte sich einer der Nestlinge voller Neugier so weit über den Rand seiner Kinderstube, dass er das Übergewicht bekam und auf das Pflaster stürzte. Glücklicherweise war er so gelenkig, dass er sich nicht ernsthaft verletzte.

Doch sofort entstand eine neuerliche Gefahr: Eine getigerte Katze lugte aus einer Grundstücksausfahrt. Sie freute sich über das Geschenk des Augenblicks. Gurrletta, etwa zwei Meter entfernt, erstarrte schockiert. Dann jedoch kam unerwartete Rettung: Heinz Nagelblum, ein Täuberich in den besten Monaten und ebenfalls von der Müsli-Tüte angelockt, bemerkte die Bedrohung. Geistesgegenwärtig raste er hinauf zu einem schmalen Fenster, auf dessen Sims ein Topf mit einem Kaktus stand. Dieser war klein genug, um ihn mit einem kräftigen Flügelschlag herabstoßen zu können, doch groß genug, um der Katze durch den Aufschlag einen gehörigen Schreck einzujagen. Sie nahm Reißaus. Überwältigt von seinem Erfolg, jagte Herr Nagelblum dem Vierbeiner hinterher.

Unmittelbar nach Zerbersten des Topfes rief eine Stimme: „Hui!"

Die Stimme gehörte Pitt Pittke. Erst jetzt warf Gurrletta einen Blick auf ihn. Er saß auf der gegenüberliegenden

Gassenseite auf einer Straßenlaterne und flatterte heftig mit den Flügeln. Pitt Pittke war eine imposante Erscheinung, nicht zuletzt wegen seines nahezu schneeweißen Gefieders und der schwarzen, kreuzartigen Zeichnung auf seiner Brust.

Mit dem Aufschlagsknall hatten die Käsers das Hüpfen und Hacken unterbrochen. Lotte Käser eilte zu ihrem Sohn und brachte ihn zurück ins Nest. Alfred Käser sah hinauf zu Pitt.

„Gerettet! Ich habe einen Katzentiger verjagt", verkündete Pittke stolz. Er flog herab zu Alfred Käser, um das Lob zu ernten.

„Pitt, großartig, Pitt!", schwärmte Alfred Käser. Die beiden kannten sich offenbar.

Pitt strahlte: „Ja, dank meiner voluminösen Stimme! Und sogar ein Kaktus stürzte zu Boden!"

Lotte Käser rief vom Nest: „Du bist ein Held!"

Alfred Käser hatte eine Idee: „Heute Abend lädt der Bürgerverein Wanderfalkenabwehr zu einer Informationsveranstaltung! Ich werde dich im Anschluss daran öffentlich ehren! Das hast du wahrlich verdient!" Er sprach sehr feierlich.

Jetzt fiel Pitt Pittkes Blick auf Gurrletta. Er hatte sie bislang nicht bemerkt, weil sie keinen Sonnenhut trug und sich von einem Verteilerkasten, der hinter ihr stand, farblich kaum abhob. Pittke erschrak. Gewiss war ihm sofort klar, dass die ältere Dame den Vorfall beobachtet hatte und die Wahrheit kannte. Um der Peinlichkeit zu entgehen, verabschiedete er sich rasch von den Käsers und stieß so weit in die Höhe, als wolle er sich mit den Domtürmen messen.

Endlich kam Heinz Nagelblum zurück. Er hatte die Katze bis in einen Hinterhof verfolgt und war nun völlig außer Atem. „Puh, das war eine Aktion", stöhnte er. „Geht es dem Nestling gut?", fragte er Gurrletta, weil diese inzwischen in die Mitte der Gasse gelaufen war und am nächsten stand.

Gurrletta wandte sich sogleich zu Herrn Käser: „Ich muss klarstellen: Dieser Mann hier hat Ihren Sohn gerettet! Er hat den Kaktus herabgeworfen und die Katze vertrieben!"

Herr Käser war verwirrt. Er sah hinauf zu seiner Frau. „Hast du mitgekriegt, dass jemand mit dem Kaktus die Katze vertrieben hat?"

Frau Käser zupfte gerade sorgfältig die Federn des Nestlings zurecht. Währenddessen überlegte sie. „Pitt hat doch die Katze davongejagt!"

Herr Nagelblum sagte leise zu Gurrletta: „Nein, lassen Sie! Mir reicht, dass es dem Jungen gutgeht!"

„Aber es geht um Ihr Verdienst!"

„Ach was!", gab Herr Nagelblum bescheiden zurück. Als sei er überflüssig, tappte er davon.

„Es wird so gewesen sein, wie Pitt das gesagt hat", rief Frau Käser. „Er vertreibt mit seiner Stimme jedes Ungeheuer! Und dabei fällt schon mal ein Blumentopf herunter."

Gurrletta blieb hartnäckig: „Die Katze hat der Herr vertrieben!"

Inzwischen war sie den Käsers lästig geworden. Sie zogen es vor, in Pitt Pittke den Lebensretter zu sehen. „Es wird schon alles seine Richtigkeit haben", gurrte Alfred Käser distanziert und flatterte hinauf zum Nest.

Gurrletta ärgerte sich über jeden der Beteiligten. Die Käsers beharrten auf einer falschen Meinung, nur weil sie in ihr Weltbild passte, Pittke war ein Lügner und der wirkliche Lebensretter ein unverbesserlicher Leisetreter, der es zuließ, dass sich ein anderer seine Tat zunutze machte. Über sich selbst ärgerte sich Gurrletta am meisten. Sie hatte keinerlei Zivilcourage aufgebracht und den Vorfall ideenlos und feige aus sicherer Entfernung beobachtet. Nicht einmal die Käsers hatte sie am Ende überzeugen können!

Gurrletta ging misslaunig davon. Weit vor ihr schlenderte Nagelblum durch die Ortnergasse. So unauffällig, als sei nichts gewesen. Schließlich flog er auf und verschwand in einem hochliegenden Fenster.

Hier wohnte also Nagelblum. „Bestimmt leidet er im Grunde an seinem mangelhaften Selbstbewusstsein", dachte Gurrletta. „Wie oft sind ihm schon die Rosinen aus dem Futter geklaut worden? Und er hat sich zuletzt dafür bedankt!"

Sie konnte jetzt nicht nach Hause, sie musste das Erlebte mit jemandem diskutieren. Glücklicherweise saß ihre Nachbarin Frau Seibel in ihrem Nest und guckte müßig über die Dächer. Gurrletta erzählte ihr vom Unglück und der Rettung – und natürlich von der Ungerechtigkeit, dass abends bei der Veranstaltung der Wanderfalkenabwehr dieser unsympathische Pittke eine Auszeichnung erhalten sollte. Frau Seibel wusste, wo Pitt Pittke und seine Frau Helene ihr Nest gebaut hatten; nämlich in einem Entlüftungsschacht des Warenhauses am Neupfarrplatz. „Fliegen Sie doch hin und stellen Sie ihn zur Rede!", schlug Frau Seibel vor. „Er wird ja wohl ein Unrechtsbewusstsein haben!"

Die Idee gefiel Gurrletta gar nicht. In welch ungeheuerliche Situation würde sie sich bringen. Was sollte ihr Ziel sein? Dass er öffentlich zugab, sich mit falschen Federn geschmückt zu haben? Diese Erwartung war illusorisch!

„Entweder Sie fliegen hin oder Sie lassen die Sache auf sich beruhen", resümierte Frau Seibel. „Eine andere Wahl haben Sie nicht."

Frau Seibel hatte Recht! Eine andere Wahl hatte Gurrletta wirklich nicht!

Sie flog zu ihrem Patrizierturm und hockte sich ins Nest. Die Unruhe hielt an. „Ich fühle mich, als sei ich nur zu Besuch!", dachte sie. Das würde so bleiben, bis die Welt geradegerückt war. Also startete sie eine halbe Stunde später Richtung Neupfarrplatz.

Frau Zacke, eine Cousine von Frau Seibel, die Gurrletta zufällig auf dem Dach des Warenhauses traf, brachte sie zum Heim der Pittkes. Helene Pittke säuberte soeben das Nest. Etliche Flaumfedern zeugten davon, dass die letzte Brut soeben flügge geworden war.

„Entschuldigen Sie, Frau Pittke", sagte Gurrletta höflich, „ich suche Ihren Mann."

Frau Pittke sah auf und gurrte mit scharfem Tonfall: „Was ist los?"

„Ich würde ihn gerne in einer sehr persönlichen Angelegenheit etwas fragen."

Das Vorbringen von Gurrletta erregte Frau Pittke. Ihre Federn begannen unverzüglich zu vibrieren. „Er holt nur rasch das Abendessen." Dann fuhr sie nervös fort: „Los, sagen Sie: Geht es um eine Frauengeschichte? Besser gesagt: um eine Mädchengeschichte? Hat er was mit Ihrer Tochter oder Enkelin angefangen? Mit mir können Sie über alles reden!"

Mit einer solchen Reaktion hatte Gurrletta nicht gerechnet. Aber offenbar zeigte Pitt Pittkes Ehefrau großes Interesse an seinem Verhalten außerhalb des Nestes. „Vielleicht lässt sich ja Frau Pittke auf meine Seite holen", überlegte Gurrletta. Sie berichtete daher ausführlich von der Vertreibung der Katze durch den selbstlosen Herrn Nagelblum sowie dem anschließenden überflüssigen Schrei Pittkes, den er als Rettungsaktion aufbauschte. Sie erzählte auch, dass heute noch der Falsche geehrt werden sollte. „Ich finde eine derartige Ungerechtigkeit unerträglich!", schloss Gurrletta.

„Fliegen Sie ruhig nach Hause, das regle ich selbst mit meinem Mann!" Frau Pittke sah hinüber zur Uhr der Neupfarrkirche. „Wo er nur schon wieder bleibt!"

Gurrletta wollte die Sache nicht aus der Hand geben: „Mir ist daran gelegen, dass der Richtige die Lorbeeren erhält!"

„Zählen Sie auf mich!", verkündete Frau Pittke.

Gurrletta blieb keine andere Wahl, als sich zurückzuziehen. Sie musste auf das Durchsetzungsvermögen von Frau Pittke vertrauen. Doch sie wusste: Eine weitere Voraussetzung für eine Wendung zum Gerechten war, dass Heinz Nagelblum zur Informationsveranstaltung des Bürgervereins Wanderfalkenabwehr kam. Geradewegs flog sie in die Ortnergasse, wo sie Heinz Nagelblum aufsuchte und nach längerer Diskussion überreden konnte.

Die Versammlung fand in den Donau-Auen statt, unweit der Steinernen Brücke. Erfahrene Tauben stellten ihre Konzepte vor, wie den Feindseligkeiten der Greifvögel begegnet werden könnte. Etwa dreißig Zuhörer lauschten den Vorträgen, die hier, abseits des Altstadttrubels, akustisch gut zu verstehen waren. Ganz vorne hatte sich der Vorstand des Vereins zusammengefunden, darunter auch Alfred Käser, etwas am Rande stolzierte Pitt Pittke, bei ihm seine Gattin.

Gurrletta und Heinz Nagelblum hatten sich unter die Zuhörer gemischt. Interessiert verfolgten sie die Ausführungen, wo sich die Wanderfalken bevorzugt aufhalten und wie man ihren Angriffen am besten entgeht. Immer wieder lugte Gurrletta zu Helene Pittke. Sie wirkte, als sei sie mit ihrem Gatten in Einklang. Gurrletta konnte nur hoffen, dass die Eheleute den Konflikt einträchtig beigelegt hatten und Herr Käser über die Wahrheit in Kenntnis gesetzt worden war. Gurrletta würde es in wenigen Minuten erfahren.

Helene Pittke, das beobachtete Gurrletta über die Zuschauerreihen hinweg, verließ nun ihren Platz, um eine Bekannte abseits der Veranstaltung zu begrüßen. Die Neugier trieb Gurrletta in diese Richtung. Als Frau Pittke zu ihrem Mann zurückkehren wollte, schob sich Gurrletta in ihren Weg. Diese erschrak.

„Ich habe Herrn Nagelblum mitgebracht!", sagte Gurrletta rasch.

Helene Pittke vermied es, in Gurrlettas Augen zu blicken: „Ach, wissen Sie, es gibt ja für nichts Beweise. Und was ich mit meinem Mann bespreche, geht Sie ja eigentlich nichts an."

Gurrletta hätte Frau Pittke jetzt gerne wütend angesprungen, doch dann folgte sie einer plötzlichen Eingebung: „Beweise gibt es tatsächlich keine, aber ich werde den Gedanken nicht los, Ihr Gatte will mit dieser Lügengeschichte Frau Käser imponieren! Was, das frage ich Sie, hatte er im Grünen Gässchen zu suchen?"

In Frau Pittke entzündete sich augenblicklich ein Höllenfeuer. Ihre Augen spien Drachenflammen. „Das werden wir ja sehen!", rief sie wild, aber so gedämpft, dass es niemand außer Gurrletta hören konnte. Sie fügte hinzu: „Wissen Sie, ich wurde schon so oft von Männern belogen; doch als ich Pitt kennengelernt habe, schwor ich mir: Du nicht!" Mit diesen Worten eilte sie los und kehrte auf ihren Platz zurück.

Gurrletta beobachtete, wie sie ihren Kopf für ein vertrauliches Gespräch zu Pitt Pittke neigte. Pittke seinerseits antwortete aufgebracht, jedoch bemüht, nichts in die Umgebung dringen zu lassen. Gurrletta war zwar nie verheiratet gewesen, aber sie wusste sehr wohl, welche Dramen sich innerhalb von Beziehungen abspielen können!

Es wurde spannend! Die Vorträge waren beendet, die Fragen aus dem Publikum geklärt. Alfred Käser erhob sich.

„Meine sehr verehrten Damen und Herren", begann er, „heute Vormittag konnte in letzter Sekunde ein grässliches Unglück verhindert werden. Mein jüngster Sohn Isidor war aus dem Nest gefallen, und eine Katze schlich heran."

Die Bestürzung war groß, Raunen ging durch die Menge.

„Mein Freund Pitt Pittke, der zufällig in der Nähe war, hat mutig eingegriffen und die Katze verscheucht!"

Erleichterung machte sich breit.

„Dafür möchte ich ihn in aller Öffentlichkeit ehren und belohnen!" Er zog nun ein ansehnliches Stück eines Nussbeugerls herbei.

Pitt Pittke trat hervor. Sein weißes Federkleid glänzte in der Abendsonne, doch er hielt sich leicht gebückt, weshalb man seinen markanten Brustfleck nicht sehen konnte.

„Ich muss eine Kleinigkeit richtigstellen", sprach er langsam. „Ich habe gerade erfahren, dass die Katze ebenfalls durch einen herabfallenden Kaktus vertrieben wurde. Ein Herr, der sich hier in der Menge befinden soll, hat ihn zum richtigen Zeitpunkt von einer Fensterbank gestoßen. Dem möchte ich gerne Ehr und Preis überlassen!"

„Ebenfalls!", dachte Gurrletta. „Auch das ist falsch! Nagelblum hat sie alleine verjagt!" Dessen ungeachtet stupste sie Heinz Nagelblum an, er müsse jetzt nach vorne gehen.

So empfing er den Dank und das edle Futterstück von Herrn Käser, unter kräftigem Jubelgurren der Versammlung. Herrn Nagelblum standen vor Rührung Tränen in den Augen. Pitt Pittke hatte unterdessen wieder eine stolze Haltung eingenommen. Er gab sich als genügsamer Ebenfalls-Retter. Nur Gurrletta fiel auf, dass er gelegentlich prüfend zu seiner Gattin blickte. Sie schien, Einverständnis zu signalisieren.

Nach langem Zögern erklärte sich Gurrletta mit diesem Ergebnis zufrieden. Mehr war nicht herauszuholen! Selbstgerechtigkeit sowie eine vorgefasste Meinung sind Bollwerke, in die man mit heftigstem Druck und genialer List allenfalls Risse schlagen kann. Sie freute sich jedoch für Heinz Nagelblum.

Dieser genoss die Ovationen.

„Darf ich Sie zum Nussbeugerl einladen?", fragte er nach der Veranstaltung Gurrletta. „Ihnen habe ich ja den Preis zu verdanken!"

Gurrletta nahm das Angebot an. Sie konnte einem Nuss-beugerl unmöglich widerstehen.

„Sie hätten die gesamte Ehre bekommen können, nicht nur die halbe, wenn Sie nicht so bescheiden wären!", meinte sie während der Mahlzeit.

Nagelblum zuckte mit den Flügeln. „Das ist schon mög-lich." Er schwieg und pickte.

„Man muss solchen Scharlatanen konsequent das Kral-lenwerk legen!"

Er blickte auf. „Das kostet aber ungeheuer viel Energie, die für das wirklich Wichtige verloren geht."

Gurrletta blieb beharrlich: „Trotzdem! Man tut Dinge ja nicht nur für den Augenblick; sie entfalten eine Wirkung. Ich bleibe dabei: trotzdem!"

Heinz Nagelblum nickte, und Gurrletta hoffte, dass er ihr Anliegen endlich kapiert hatte.

Im November auf dem Friedhof

Düstere Wolken schoben sich über die Stadt. Schon seit Tagen war es bitterkalt. Nun kamen noch Regen und Wind hinzu. Die Bäume und Sträucher in den Parkanlagen beugten sich, nasse gelbe Blätter wurden auf Wege und Wiesen geschleudert.

Gurrletta verfolgte das unfreundliche Treiben. Sie hockte auf der Treppe einer kleinen Villa am inneren Rand des Dörnbergparks, ein dunkelgrünes Tuch fest um den Kopf gebunden. Hier war sie vor Wind und Regen so ausreichend geschützt, dass sie eine Weile durchhalten konnte.

Sie erinnerte sich an den November letzten Jahres. Damals hatte sie eine depressive Stimmung durchlitten; keine tiefgreifende Krise, die in das Lebensende münden möchte, nein, vielmehr eine zeitlich begrenzte Schwermütigkeit. Diese hatte einen Grund, den sie allerdings wie ein Staatsgeheimnis hütete: Waldemar. Sie hatte doch tatsächlich begonnen, für einen schlanken, geistvollen Herrn zu schwärmen, der gelegentlich zum Abendessen im Bischofshof erschien. Die zunächst beiläufigen Unterhaltungen gewannen bald an Intensität, sodass sich Gurrletta einredete, er habe ernsthafte Absichten. Bis sie aus einem zufällig mitgehörten Gespräch erfuhr, er lebe in einer glücklichen Beziehung und habe mit seiner Gattin schon vier Brutphasen erfolgreich zu Ende gebracht. Das zerriss Gurrletta das Herz.

Als hätte es so sein müssen: Dem Tiefschlag folgte typisches Novemberwetter. Düsternis, Sturm und Graupelschauer. Um ihre Traurigkeit gehörig auszukosten, unternahm Gurrletta mehrere ausgedehnte Spaziergänge über Friedhöfe. Die Fragen, die ihr damals durch den Kopf gegangen waren, hatten sich so stark in ihr Gedächtnis gebrannt, dass sie sich heute, angesichts des kalten Regens, zwangsläufig daran erinnerte.

Aber dieses Jahr war alles anders! Es gab keinen Waldemar, der imstande gewesen wäre, sie aus dem Gleichgewicht zu bringen. Sie fühlte sich inmitten einer stabilen Phase, litt weder an Krankheiten noch an Einsamkeit. Es herrschte nur schlechtes Wetter – und das hatte nichts mit ihr zu tun. Außerdem: Das Einschlafen der Natur hatte ja auch schöne Seiten, wie sie fand. Immerhin wurde der Herbst seit Jahrhunderten von den Künstlern verherrlicht. Unwillkürlich kam ihr Desdemonas Lied von der Trauerweide in den Sinn, welches diese so wundervoll trübselig singt – kurz bevor Othello sie erwürgt.

Ihre Lust, sich der Wetterstimmung mit innerer Stärke entgegenzustellen, ging plötzlich so weit, dass Gurrletta beschloss, zum Oberen Katholischen Friedhof zu fliegen. Dort nämlich hatten vergangenes Jahr die übelsten Spaziergänge stattgefunden. Im Nu flatterte sie auf und wenig später landete sie, von Wind umbraust, auf dem Dachfirst des Vorbaus der Aussegnungshalle. Wie eine Feldherrin, die eine Armee aus November-Psychologie befehligt, überblickte sie die Gräberlandschaft.

Niemand war unterwegs. Weder Menschen noch Tauben. Die Blumen, mit denen die Angehörigen die farblosen Grabsteine zu Allerheiligen geschmückt hatten, waren die einzigen Spuren von Leben. Aber auch ihre Frische verging. Ebenso die Vitalität, die noch vor wenigen Wochen in den Bäumen entlang der Wege gesteckt hatte.

Doch da! Eine einzelne Taube lag auf einer Grabplatte. Ja, sie lag, als ob sie zu schwach sei, ihren Körper auf den Beinen zu halten. Soweit Gurrletta dies aus der Ferne erkennen konnte, handelte es sich um einen Taubenmann in mittlerem Alter. Sein Federkleid war sehr gewöhnlich, mit asymmetrischen grauen und schwarzen Flecken übersät.

Gurrletta wollte den Herrn aus geringerer Distanz betrachten. Keinesfalls aus weiblichem Interesse, vielmehr aus Besorgnis. Sie flog also auf ein Steinkreuz, zwei Gräber daneben.

Der Täuberich stob sofort in die Höhe und wechselte auf ein anderes Grab.

Er war folglich im Besitz lebensnotwendiger Kräfte. Das beruhigte Gurrletta. Dennoch schien er sonderbar. Sie glaubte, in seiner Körperhaltung Traurigkeit und Mutlosigkeit auszumachen, wenn nicht gar Schwermut. Womöglich litt der Herr an einer ausgeprägten Depression, sehr viel schlimmer als ihre Krise im vergangenen Herbst.

Sie schlich, verdeckt durch eine Heiligenfigur, auf ihn zu. Er bemerkte sie nicht. Offenbar hatten ihn jetzt seine trüben Gedanken blind gemacht.

Gurrletta nahm all ihren Mut zusammen und rief mit feiner Stimme: „Entschuldigen Sie, dass ich Sie anspreche. Geht es Ihnen gut? Kann ich Ihnen helfen?"

Der Mann blickte mit müden Augen zu Gurrletta: „Danke! Alles ist in Ordnung! Es geht mir gut!"

„Dann wünsche ich Ihnen noch einen schönen Tag", gab Gurrletta zurück. Sofort ärgerte sie sich über die Voreiligkeit, mit der sie sich mit dieser Floskel aus dem Gespräch gezogen hatte.

„Danke, das wünsche ich Ihnen ebenfalls", sagte der Mann und flatterte zu einem anderen Grab, weit entfernt von Gurrletta.

Der Unbekannte wollte mit seinem Schmerz alleine sein, schloss Gurrletta. Ganz offensichtlich. Sein Kummer war so groß, dass er jede Tröstung für lästig, ja sinnlos hielt. Was mochte dieser Mann erlebt haben? Vielleicht war kürzlich seine Frau verstorben, vielleicht hatte er eine entsetzliche Kränkung erfahren, vielleicht sogar fand er sein Dasein nutzlos und lächerlich.

Gurrletta wanderte durch die Grabreihen. In kurzen Abständen flog sie auf Steine, Kreuze oder Figuren, um einen Blick auf den Unbekannten werfen zu können. Sofort aber tauchte sie wieder ab. Er sollte sich keinesfalls beobachtet fühlen. Sonst würde er flüchten und sich Gurrlettas fürsorglichem Auge entziehen.

Vergangenen Herbst war es bei ihr nicht annähernd so schlimm gewesen, doch schlimm genug, um ihr Leben für ein überflüssiges Intermezzo zwischen dem Nichts vor der Befruchtung und dem Nichts nach dem Tod zu halten.

Gurrlettas Schritte wurden jetzt langsam und schwer. Sie stolperte über eine Wurzel, worin sie einen Beweis für ihre Tapsigkeit erkannte, die sie manchmal an ihrer Lebenstüchtigkeit zweifeln ließ. Womöglich hatte damals jener Waldemar ihre Unzulänglichkeit durchschaut, und die Sache war deshalb ins Stocken gekommen.

„Er hätte sich ja jederzeit von seiner Frau trennen können!", seufzte sie leise. „Das ist doch heutzutage nichts Unübliches. Viele Männer entscheiden sich für eine andere Frau und verlassen dafür die bisherige." Gurrletta hielt inne. „Die Neue muss dem Mann natürlich auch etwas bieten!" Sie fragte sich schonungslos: Würde sie denn einem Mann wie Waldemar etwas bieten können?

Sie sackte auf den glitschig-kalten Boden. Der Regen war heftiger geworden. Das dunkelgrüne Tuch klebte drückend auf ihrem Kopf. Sie fühlte sich wie ein Lumpen, der eben aus schmutzigem Putzwasser gezogen worden war. Unbewegt starrte sie auf einen gekreuzigten Jesus. Sein Leiden beherrschte ein Familiengrab.

„Ich sollte mal wieder nach dem Unbekannten schauen", dachte sie endlich. Sie schaffte es, auf die nächste Grabplatte zu flattern und entdeckte den Schwermütigen. Zu ihrem Entsetzen saß jetzt *er* auf dem First des Vorbaus. Er wippte vor und zurück. Es hatte den Anschein, als wollte er sich im nächsten Moment in die Tiefe stürzen. Gurrletta hätte zu ihm fliegen oder zumindest Tröstendes rufen sollen, doch sie war nur fähig, auf den Unbekannten zu stieren. Die Gewissheit, dass sie für Waldemar nur ein langweiliges und schrulliges Weib gewesen war, lähmte sie. Dass sie hier in Kälte, Wind und Regen lag, erkannte sie als zwangsläufige Folge ihrer Untauglichkeit.

„Kann ich Ihnen irgendwie helfen?", fragte plötzlich eine weibliche Taubenstimme. Neben Gurrletta stand eine graue, durchnässte Taubenfrau.

Gurrletta sprang auf und bemühte sich um Haltung. „Nein, danke", sagte sie irritiert. „Ich beobachte nur diesen

Herrn bei der Aussegnungshalle. Ich bin in Sorge, dass er sich was antut."

„Ach", lachte die Frau, „das ist mein Mann! Da ist keine Gefahr. Der braucht die Novemberstimmung zur Inspiration."

Gurrletta war verblüfft: „Inspiration?"

„Ja, der schreibt Gedichte. Und wenn ihm nichts einfällt, fliegt er durch die Gegend. Bei diesem Wetter liegen feinsinnige Gedichte in der Luft, hat er gesagt. Aber allmählich muss er wieder heim, sonst kriegt er einen Schnupfen."

Gurrletta guckte sprachlos.

„Ich wollte nur schauen, ob Ihnen etwas fehlt. Sie haben einen melancholischen Eindruck gemacht."

„Das hat getäuscht", log Gurrletta. „Ich war nur so in Unruhe wegen Ihrem Mann."

„Dann ist ja alles gut. Wiedersehen."

„Wiedersehen. Und danke für Ihre Fürsorge!"

Die Frau segelte zu ihrem Ehemann. Gurrletta beobachtete, wie sie ein paar Worte wechselten, schließlich brachen sie auf, verschwanden aus Gurrlettas Blickfeld.

Gurrletta ordnete ihr Federkleid und hüpfte noch eine Weile von Grab zu Grab. Sie machte sich jetzt auf die Suche nach kunstvollen Inschriften und Figuren.

„Es war ohne Zweifel ein Fehler, im November und bei diesem Wetter auf einen Friedhof zu fliegen", gestand sie sich ein. Sie gurrte wieder leise Desdemonas Lied von der Trauerweide. Ach, es ist so wundervoll! Giuseppe Verdi hatte sich gewiss ebenfalls von der Melancholie des Herbstes inspirieren lassen. Wie käme man sonst auf eine solche Melodie?

Das lange Warten auf eine Schupfnudel

Den November nutzte Gurrletta regelmäßig, um ihr Körpergewicht zu reduzieren. Meist schaffte sie es, statt zweimal nur einmal pro Tag zum Bischofshof zum Speisen zu fliegen. Schmächtige, wenig nahrhafte Käfer halfen ihr, Heißhungerattacken aufzufangen. Gurrletta wusste, wenn die Christkindlmärkte öffneten, weitete sich das Angebot an kalorienreichen Köstlichkeiten ins schier Unendliche. Vor vielen Jahren, so erzählte man sich, gab es in Regensburg nur einen einzigen Markt, nämlich jenen am Neupfarrplatz. Dann kam der Lucreziamarkt am Haidplatz hinzu. Weitere entstanden im Schloss Thurn und Taxis und in Stadtamhof; von den unzähligen kleinen Märkten in den Stadtteilen oder vor Einkaufszentren ganz zu schweigen. Und überall wurden Semmeln oder Waffeln zu Boden geworfen, üppige Stücke von Fladenbroten und Kipferln. Doch auf *eine* Christkindlmarkt-Speise freute sich Gurrletta das gesamte Jahr hindurch: Schupfnudeln am Haidplatz.

Auch an diesem Nachmittag spazierte sie vor der Pizzeria neben dem Café Goldenes Kreuz auf und ab. Ihr Blick richtete sich auf eine Bude, in der die Spezialität in einer schmiedeeisernen Pfanne herausgebraten wurde. Zusammen mit Sauerkraut oder Apfelmus wurden sie auf einem Teller von einer Verkäuferin in die Hände eines Menschen gereicht, der sie anschließend an einem der Stehtische verzehrte. Gelegentlich, das kam zum Leid von Gurrletta und ihrer Artgenossen nur selten vor, rutschte eine Schupfnudel bei der Übergabe vom Teller oder der Gast verlor sie aus Ungeschicklichkeit beim Essen von der Gabel. Dann landete ein Stück, so groß wie ein menschlicher Daumen, auf dem Pflaster. Die Kunst für Gurrletta und andere Tauben bestand nun darin, zwischen die vielen Beine hindurch zum Objekt der Begierde zu gelangen, ohne von einem Schuh getreten zu werden. Besondere Gefahr lag in der Luft, wenn Hunde über den Platz gezogen wurden. Diese froren meist, obwohl in zum Teil lächerliche Thermo-Mäntel gepackt, und nutzten die Gegenwart von Tauben, um sich durch selbstgefällige Jagdspiele etwas Bewegung zu verschaffen.

„Na, Frau Steinhöfl", krähte plötzlich eine Frauenstimme. „Sie baden in hochromantischer Weihnachtsstimmung?"

Gurrletta erkannte am scharfen Klang der Stimme, dass Else Funkenwurf herangeflogen war. Bereits ihre erste Bemerkung zeigte, sie war nur unterwegs, um sich da und dort mit Spötteleien wichtig zu machen. Ihr wollte Gurrletta keineswegs verraten, was sie speziell an dieser Stelle erhoffte, weshalb sie selbstbewusst und inhaltslos entgegnete: „Ja, ich genieße die Vorfreude auf Weihnachten."

„Weihnachten!", zischte Else. „Das ist doch sowas von spießig! Als Taube des 21. Jahrhunderts sollte man nicht auf dieses Konsumfest hereinfallen! Und denken Sie mal daran, wie dumm die Religion die Menschen gemacht hat! Im Namen des Glaubens haben die Kirchenfürsten ihre Schäfchen abhängig gehalten und ausgebeutet."

178

Gurrletta wusste, dass Else eine überzeugte Atheistin war und folglich für Weihnachten schon aus diesem Grund kein Gefühl aufbringen konnte. „Über dieses veraltete Thema müsste eine Taube des 21. Jahrhunderts hinweg sein", gab sie spitz zurück.

Sie war stolz auf ihre Schlagfertigkeit. Damit hoffte sie, Else einen Stoß verpasst zu haben, sodass sie abzöge. Sie wollte sich ungestört der Observation widmen. Denn endlich wurden wieder zwei Teller auf den Tresen gestellt. Die Schupfnudeln und das Sauerkraut dampften verführerisch. Eine Frau mit zwei Buben hatte sie gekauft. Offenbar eine Portion für sich und die andere für die Kleinen. Das konnte nicht lange gut gehen! Die Kinder würden gewiss bald ins Streiten geraten und dabei jede Menge Schupfnudeln zu Boden schleudern. Darauf spekulierte Gurrletta. Aber jetzt kam ein Mann dazu, wohl der Vater. Der ließ sich ebenfalls eine Schupfnudelportion aushändigen, dann half er beim Tragen und Servieren. Er behielt zudem die Kinder im Auge. Wie ungünstig!

Else Funkenwurf schimpfte unterdessen weiter über die Kirche. Es gebe ja unbestreitbar auch im 21. Jahrhundert genügend Beweise dafür, dass die „Pfaffen", wie sie sich ausdrückte, noch immer einen zerstörerischen Einfluss auf die Gehirne der Menschen, ja sogar der Tauben hätten.

Gurrletta wollte das nicht gelten lassen. Sie verwehrte sich dagegen, dass Else in ihren Weihnachtsgefühlen und Sonntagsspaziergängen beim Mittagsläuten Anzeichen von Verdummung sah.

Hilfe nahte. Herr Eicher kam des Weges. Der ältere, gediegene Taubenmann war ein Experte für Heiligenlegenden und Bibelgeschichten. Gewiss konnte er Else zum Schweigen bringen. Er begrüßte Gurrletta freudig, Else hingegen nur flüchtig. Er kannte Else. Alle Tauben in Regensburg kannten Else. Sogleich, um eine „feste Burg" gegen Elses Atheismus zu errichten, erzählte er, er habe gerade Krippen auf den Christkindlmärkten besichtigt und einem Figurenschnitzer zugesehen. Das habe ihn seelisch gestärkt.

Else verschaffte sich Gehör: „Und sagen Sie, wo ist der wissenschaftliche Beweis, dass die Weihnachtsgeschichte nicht erstunken und erlogen ist?"

„Ich brauche keinen Beweis!", sagte Herr Eicher ruhig.

„Die wissenschaftlichen Erkenntnisse und die Weihnachtsgeschichte klaffen doch meilenweit auseinander!", kreischte Else. „Den Stern von Bethlehem gab's doch gar nicht! Die Konjunktion Saturn-Jupiter und der Halleysche Komet waren schon viele Jahre früher! Und die Jahreszahlen von Volkszählungen oder Ähnliches passen auch nicht! Noch weniger Herodes der Große! Der war zum Zeitpunkt der Weihnachtsgeschichte bereits tot! Ha! Der ganze Quark wurde ja auch viele hundert Jahre später aufgeschrieben. Kein Wunder, dass nichts stimmt! Alles nur erfunden, um einen Anlass für Unterdrückung und Kommerz zu haben!"

„Es geht darum, an das Wundervolle zu glauben!", meinte Herr Eicher.

„Glauben heißt, nichts zu wissen!"

Else Funkenwurf und Herr Eicher stritten eine Weile über dieses Thema. Herr Eicher bemühte sich, Elses Stiche nicht in seine christliche Seele vordringen zu lassen. Er blieb daher sachlich und höflich. Aber seine Augen trübten sich immer mehr, was zeigte, dass er unter diesen Angriffen litt. Er dachte aber wohl gleichzeitig an Märtyrer-Legenden und zog daraus Widerstandskraft.

Wie erwartet, kämpften die Kinder unterdessen um die Schupfnudeln. Beide waren mit Gabeln ausgestattet, die allmählich zu Waffen im Kampf gegen die Begehrlichkeiten des Bruders wurden. Gurrletta hoffte nichts sehnlicher, als dass die Diskussion zu Ende ginge. Sie konnte, würde im nächsten Moment eine Schupfnudel zu Boden fallen, Herrn Eicher jetzt unmöglich mit Else alleine lassen.

Gurrlettas Blick traf auf Fred Schlamminger. Der saß auf der Schupfnudelbude und guckte herüber. Zunächst wusste Gurrletta nicht, ob sie sein Auftauchen freute oder entsetzte. Er war in ihren Augen ein zwielichtiger Altstadt-Vagabund, aber andererseits auch ein pfiffiger Vater von einer unüberschaubaren Jungtaubenschar. Schlamminger lachte, als er die kleine Gruppe bemerkte, und schoss auf sie zu.

„Mein Gott, Else, wen nervst du schon wieder?", begann er sofort.

In welchem Verhältnis die beiden standen, war Gurrletta unbekannt. Schlamminger duzte jeden.

„Hey! Ich nerve nicht!", schrie Else auf „Ich verteidige nur die Intelligenz gegen die Verdummung durch die Religion."

Herr Eicher sprach: „Frau Funkenwurf hält die Weihnachtsgeschichte für ein Lügenmärchen." Er war rot vor unterdrückter Wut. „Und dagegen verwehre ich mich!"

„Weil Weihnachten nichts anderes ist als eine hinterhältige Erfindung! Die Kirche hat Kreuzzüge geführt und

Hexen verbrannt! Und heute spielt sie den Konsumausbeutern in die Hände!"

Jetzt holte Fred Schlamminger aus: „Ich sag dir eins, Else: Ich hab schon viele Nestlinge großgezogen, und alle haben sie Weihnachten geliebt. Und ich mag's auch, und meine Frau auch! Ob es einen Lieben Gott gibt, kann keiner mit Sicherheit sagen! Den hat noch keiner gesehen!"

Herr Eicher flatterte auf: „Natürlich gibt es ihn!"

„Wäre schön, ja. Aber: Was können der Liebe Gott und Jesus dafür, was andere in ihrem Namen gemacht haben! Im Wasser kann man ersaufen, man kann darin aber auch wundervoll herumplanschen!"

„Die Kirche hat alle ersäuft!", rief Else Funkenwurf.

Der Schlamminger Fred machte sich groß: „Und was kann die Weihnachtsgeschichte dafür? Die Tauben mögen Geschichten."

Jetzt wusste Gurrletta etwas zu sagen: „Die Buchhandlungen und Bibliotheken sind voller Geschichten! Und die Geschichten bringen die Leute zusammen."

Schlamminger fuhr fort: „Und die Weihnachtsgeschichte mögen sie ganz besonders! Ich erzähle sie jedem meiner Nestlinge, und alle sind anständige Tauben geworden!"

Else protestierte: „Aber bestimmt nicht wegen der Weihnachtsgeschichte!"

Gurrletta schwärmte mit erhobener Stimme: „Wenn sie nichts Großartiges erzählen würde, wäre sie längst vergessen worden!"

Der Disput eskalierte. Schlamminger drohte Else mit seinem rechten Flügel, Else richtete ihren Schnabel gegen Schlamminger.

Dann fiel eine Schupfnudel zu Boden.

Else Funkenwurf schwieg plötzlich. Sie analysierte die Lage und jagte zwischen Menschenbeinen hindurch auf die Schupfnudel zu. Im Nu hatte sie die fette Beute im Schnabel und zerrte sie hinauf in die Luft. Sie verschwand aus dem Blickfeld ihrer Gegner.

Die Aktion Elses war so schnell vonstattengegangen, dass Gurrletta, der Schlamminger Fred und Herr Eicher erst jetzt registrierten, was geschehen war: Else Funkenwurf hatte aus dem vorweihnachtlichen Konsum Nutzen gezogen! Schamlos!

„So eine schöne Schupfnudel!", entfuhr es Gurrletta.

Zu Gurrlettas Leidwesen stellte nun die menschliche Familie die leeren Teller aufeinander und brachte sie zur Bude. Weiteres war also nicht zu erwarten.

„Haben Sie Hunger?", fragte Herr Eicher.

Der Schlamminger Fred bezog dies auf sich und sagte: „Oh, ich bin voll wie eine Mülltonne. Am Kohlenmarkt hab ich eine halbe Waffel verfuttert."

Herr Eicher wandte sich deutlich an Gurrletta: „Und Sie?"

„Naja", gurrte sie zögernd.

„Auf der anderen Seite des Marktes gibt es Baumstriezel, in vielerlei Geschmacksrichtungen. Da habe ich öfters Glück."

Wenn schon keine Schupfnudel, dann eben Baumstriezel. Das Hefegebäck aus Siebenbürgen, dessen Teig auf Hölzer gewickelt und über offenem Feuer gebacken wird, war zweifelsohne eine angemessene Alternative. Und in Herrn Eicher sah Gurrletta eine sympathische Begleitung.

„Also, noch viel Spaß", rief der Schlamminger Fred. „Ich schau mal, ob ich einen Schluck Glühwein abkriege." Er flog davon.

Gurrletta sprach: „Ich liebe Baumstriezel! Und ich hoffe, Sie erzählen mir auch noch eine Geschichte!"

Herr Eicher nickte und lächelte.

Das Mandelherz

Obwohl es Tauben nur vergönnt ist, wenige Jahreskreise zu durchleben, hatte sich für Gurrletta der Ablauf der Weihnachtsfeierlichkeiten längst zu einer Tradition verfestigt. Sie liebte und brauchte diese Tradition, weil sie ihr das Gefühl von wohliger Sicherheit vermittelte und dadurch Schutz bot gegen Einsamkeitsstimmungen, die sich an diesen so emotionshaltigen Tagen womöglich anschleichen wollten. Letzteres gestand sie sich jedoch niemals ein – auch nicht, wenn sie in einen Spiegel blickte und mahnende Worte über dieses und jenes an ihr Gegenüber richtete. Ihre Entscheidung, keinen Taubenmann in ihre unmittelbare Nähe zu lassen, gehörte zu den Säulen ihres Lebens. Denn sie wollte unabhängig bleiben. Und einen Mann, der ihr bot, was sie nicht aus ihrem Ich heraus erzeugen konnte, gab es schlichtweg nicht.

Wie in den vergangenen Jahren war sie bei ihrem Bruder Jakob und der Schwägerin Agnes eingeladen. Anschließend wollte sie der Christmette beiwohnen und die Domspatzen singen hören.

Das Nest von Jakob und Agnes auf dem nördlichen Domturm ermöglichte eine beeindruckende Aussicht auf das weihnachtliche Regensburg. Meist lag kein Schnee, auch dieses Jahr war keiner zu erwarten. Trotzdem verwandelten die unzähligen Lichterketten in den Gassen und die warm leuchtenden Fenster die Altstadt in eine zauberhafte

Landschaft. Die dunkel gewordenen Buden des Christkindl-marktes am Neupfarrplatz, zu denen man hinüberblicken konnte, erinnerten an das trotzige Voranschreiten der Zeit, an die Nichtigkeit des Augenblicks. Auch dieser düstere Aspekt des großen Festes gefiel Gurrletta.

Noch blieben aber einige Tage bis zum Heiligen Abend. Gurrletta musste Geschenke besorgen. Aufwendige Überraschungen waren in der Familie nicht üblich, doch als Gast wollte sie, wie in den vergangenen Jahren, Kleinigkeiten mitbringen – für Jakob, Agnes und Fritz.

Fritz war der jüngste Nestling. Er war längst flügge, hauste mit Freunden in einer Halle irgendwo im Hafen, hatte jedoch bislang keine eigene Familie gegründet. Er wollte deshalb Weihnachten zuhause bei Mama und Papa verbringen. Die weiteren Nichten und Neffen Gurrlettas schauten nur noch gelegentlich vorbei.

Seit Tagen beobachtete Gurrletta die Backstube einer Konditorei am östlichen Rand der Innenstadt, um herauszufinden, bei welcher Gelegenheit sie an die vorzüglichen Weihnachtsplätzchen gelangen konnte. Bald durchschaute sie die Abläufe des Betriebes und wusste, wann die Tür zur Backstube unbeaufsichtigt offenstand und freien Einflug ermöglichte. Mutig nutzte sie dann die Chance und schaffte innerhalb weniger Sekunden drei Stücke nach draußen: einen Zimtstern für Jakob, ein Mandelherz für Agnes und ein Vanillekipferl für Fritz. Sie versteckte die Beute im Laub, um sie anschließend Flug um Flug in ihren Patrizierturm zu bringen. Glücklich begutachtete sie dort die Plätzchen und schlug sie zuletzt in Geschenkpapier. Weihnachten konnte kommen!

Immer wenn sie ihre Behausung verließ, brachte sie eines der Geschenkpakete auf den Domturm, um sich am Heiligen Abend das Hin- und Herfliegen zu ersparen. Zweimal war niemand zu Hause, was keine Rolle spielte, weil sie diese Anlieferungen mit ihren Verwandten abgesprochen hatte; beim dritten Mal traf sie auf ihren Bruder, der gewohnheitsgemäß nachmittags im Nest döste.

„Du, Gurrletta", gähnte er, „wir haben dieses Jahr übrigens einen weiteren Gast."

Gurrletta horchte auf. Das war ungewöhnlich. „Bringt Fritz eine Freundin mit?", fragte sie neugierig.

„Nein. Berti kommt."

„Kenn ich diesen Berti?" Die Sorge, dieser Berti könnte die Weihnachtsstimmung negativ beeinträchtigen, hatte sich unverzüglich gemeldet.

„Berti Jogel. Ich glaube, du hast ihn schon mal bei uns gesehen. Ja, ich weiß! Vor ein paar Wochen, als du zufällig vorbeigeschaut hast, war er mit seiner Frau Jolanthe zum Kaffee hier."

„Ah, ja", sagte Gurrletta, ohne sich genau erinnern zu können.

„Vor zwei Wochen ist seine Frau gestorben. Vermutlich im Stadtpark von Taubenfeinden vergiftet."

„Das ist ja furchtbar!"

„Weil er ein alter Kumpel ist und die Nester seiner Kinder momentan alle überquellen, hab ich ihn spontan eingeladen. Wir können ja nicht zulassen, dass er an Weihnachten einsam zuhause vor sich hindümpelt."

„Jaja, das ist eine gute Tat von euch!"

„Sowas ist doch selbstverständlich!"

Jakob war ein etwas arg träger, doch auch ein sehr mitfühlender Taubenmann. Die letztere Eigenschaft schätzte Gurrletta an ihrem Bruder. Agnes öffnete ebenfalls jedem das Nest, der eine Zuflucht brauchte. Dass dieser Berti am Weihnachtsabend im Kreis der Familie sitzen würde, fand daher Gurrlettas uneingeschränkte Zustimmung.

„Ein Mann, der vor wenigen Tagen seine Gattin auf so tragische Weise verloren hat, darf nicht zuschauen müssen, wie alle anderen Geschenke auspacken", dachte Gurrletta. Sie flog also nochmals eilig zur Konditorei und ergatterte dort eines der letzten diesjährigen Plätzchen: einen Christbaum mit Zuckerguss. Rasch war auch er verpackt und am Vormittag des Heiligabends zu Jakob und Agnes gebracht.

Gurrletta forschte in ihren Erinnerungen, ob sie ein Bild von diesem Berti hervorholen konnte. Tatsächlich fiel ihr wieder ein, wie die Begegnung mit dem Ehepaar Jogel damals auf sie gewirkt hatte. Mit der Frau, also mit Jolanthe, war sie sich in der kurzen, freundlichen Plauderei schnell einig geworden, dass die fortschreitende Sanierung der Altstadt die Lebensbedingungen der Tauben bald unerträglich gemacht haben werde. Der Mann war eine stattliche Persönlichkeit, durchaus sympathisch, aber zu sehr mit Jakob in ein Gespräch über Flugsport verwickelt, als dass sie von ihm einen aussagekräftigen Eindruck hätte gewinnen können.

Das Nest von Jakob und Agnes sowie dessen unmittelbare Umgebung waren weihnachtlich geschmückt. Sie hatten Tannengrün von Marktbuden gerupft und bunte Bänder aus Abfalleimern geborgen und herauf in den Turm transportiert. Dies war angesichts der wenigen, schmalen

Risse in den Taubenschutznetzen eine fulminante Leistung. Den Schmuck hatten sie anschließend mit viel Liebe zum Detail auf dem Boden ausgelegt sowie in Ritzen von Verzierungen in den Mauern und Geländern gesteckt.

Fritz sei noch unterwegs, hieß es, als Gurrletta ankam. Er wollte noch zum Christkindlmarkt im Hof von Schloss Thurn und Taxis. Der war zwar schon seit gestern geschlossen, aber Fritz hoffte, im Müll noch eine Waffelschale zu finden. Für die eigentliche Festspeise war aber schon gesorgt. Agnes zog gerade ein ansehnliches Stück Baumstriezel, einen halben Lebkuchen sowie zwei Schupfnudeln auf eine weinrote Serviette.

Berti Jogel half Jakob, einen schlanken Tannenzweig aufrecht zu stellen und mit einer Schnur an einer Werkzeugkiste zu fixieren. Er grüßte Gurrletta mit so viel Aufmerksamkeit, wie er in diesem schwierigen Moment ermöglichen konnte.

Ja, Gurrletta hatte sich gut an ihn erinnert. Berti war in der Tat eine stattliche Erscheinung. Obwohl sie, so vermutete Gurrletta, etwa das gleiche Alter hatten, wirkte er erheblich besser in Form als sie. Das Grau seiner Federn glänzte gesund und frisch, die Ränder seiner dunklen Färbungen auf den Flügeln waren klar gezeichnet. Und dennoch sandten seine Augen bei der Begrüßung die traurige Botschaft: „Meine geliebte Jolanthe wurde mir von einem menschlichen Verbrecher entrissen!"

Dieser Blick stach Gurrletta schmerzhaft ins Herz. Sie brachte einen leisen Satz hervor: „Mein Beileid! Ich habe von diesem Schicksalsschlag gehört." Aber sogleich spürte sie, dass ihre Bemerkung unzureichend war – unzureichend sein musste, weil ihre Worte nicht fähig sein konnten, das Leiden des Witwers zu lindern.

Als endlich Fritz mit einem Seitenteil einer Waffelschale landete, hellte sich die gedeckte Stimmung der älteren Generation auf. Der muntere Kerl hatte Mühe, das Beutestück durch das Taubennetz zu zerren. Dabei lachte er über sich selbst am meisten. Dies sorgte für Heiterkeit. Da inzwischen auch der Tannenzweig aufrecht stand und festgebunden war, konnte die kleine Gesellschaft nun gelöst mit der Feier beginnen.

Beim Picken der Festspeisen kam man auf das Thema „Wohnsituation in der Altstadt" zu sprechen. Darüber wurde unter den Tauben unentwegt diskutiert.

„Früher", meinte Gurrletta, „sollen in Regensburg paradiesische Zustände geherrscht haben. Die Häuser verfielen, und in dem brüchigen Gemäuer gab es die besten Brutplätze. Aber seit man sich anschickt, die alte Bausubstanz wegzureißen oder zu edlen Geldanlageobjekten aufzupeppen, verschwinden die Einfluglöcher zu den Dachböden und die Löcher in den Fassaden."

Berti erzählte: „Ich habe früher mit meiner Frau am Bahnhofsgelände gewohnt. Aber keine Chance mehr. Die Lagerhalle wurde gnadenlos niedergerissen. Jetzt wohne ich am Dach eines Hauses an der Weinlände. Nur mit viel Glück habe ich es geschafft, das Nest so zu stabilisieren, dass es nicht herunterkracht."

„Da lobe ich mir den Dom", warf Agnes ein. „Den reißt niemand ab!"

„Aber man verhängt alles mit Taubennetzen!", klagte Jakob. „Als ob wir dem Dom schaden würden!"

Berti wusste zu erzählen: „Vor ein paar Jahrzehnten wollte man angeblich die halbe Stadt niederreißen und irgendwelche Betonkästen hinstellen. Aus dieser Zeit stammt das Kaufhaus am Neupfarrplatz. Es sollte sogar eine breite Straße mitten durch die Innenstadt gebaut werden. Wahnsinn!"

„Gottlob hat man das verhindert. Heute hat man mehr Gefühl für das Vorhandene", meinte Jakob.

Gurrletta richtete sich auf: „Aber was tun sie? Sanieren! Sanieren! Sanieren! Alles feinsäuberlich sanieren! Damit ja keine Taube eine Möglichkeit bekommt, ein Nest zu bauen!"

Fritz sah die Sache anders: „Ach, man findet schon noch genügend Nistplätze. Man muss nur Mut und Phantasie aufbringen. Alles hat sich immer irgendwie verändert!"

„Und wo bitte soll man hin?", wollte Gurrletta wissen.

„Haben die früheren Taubengenerationen die Rohre von Klimaanlagen gekannt? Funkanlagen auf den Dächern? Tiefgaragen? Die Häuser, die vor etlichen Jahren saniert oder neu gebaut wurden, sind doch schon wieder marode. Und die neuen Häuser haben jede Menge Ecken und Winkel. Ein Kumpel von mir nistet hinter einem Verteilerkasten auf der Rückseite eines modernen Bürokomplexes. Exklusiv, sag ich euch, exklusiv!"

Solche Debatten führen niemals zu Einvernehmen. Das wusste auch Gurrletta. Gerne hätte sie eingeworfen, wie sehr sie nach wie vor ihren Geschlechterturm liebte, der seit Jahrhunderten unbehelligt aus der Mitte der Altstadt ragte, und welche Existenzängste sie bei dem Gedanken überkamen, er könnte eines Tages saniert werden. Zweifelsohne würde dann die Einflugluke verschlossen werden, und sie wäre in ihrem vorgerückten Lebensalter obdachlos. Doch sie hielt den Schnabel, weil sie nicht wollte, dass Berti erfuhr, wo sie wohnte. Warum sie so fühlte, konnte sie sich nur vage selbst erklären: in nichts hineingezogen werden, aus dem man sich womöglich nicht mehr befreien konnte.

Die Köstlichkeiten, die Jakob und Fritz auf den Christkindlmärkten beschafft hatten, waren bald verspeist. Agnes schüttelte die Reste von der roten Weihnachtsserviette und verstaute sie in einer Vorratsecke.

Schließlich ging man daran, die Gaben auszuteilen. Agnes hatte im Innern des Doms Zettel mit Heiligenbildern gefunden, die sie mit Segenswünschen ihren Gästen überreichte. Jakob schenkte jedem eine Marone. Fritz hatte ein paar schillernde Metallstücke mitgebracht, die er für modisch und aufregend hielt; Berti schlichte, geschmackvolle Honigkerzen. Dann zog Jakob die Pakete von Gurrletta herbei. Da er in seiner manchmal etwas arg gedankenlosen Art glaubte, sie enthielten alle das Gleiche, verteilte er sie, ohne Gurrletta einzubinden. Gurrletta war in diesem Moment abgelenkt, Agnes erzählte von einer Adventsfeier im Bischofshof. Sonst hätte sie eingegriffen!

„Und die sind von Gurrletta!", rief Jakob in die Runde.

Gurrletta verschlug es die Sprache, denn sie wusste sofort, welches Plätzchen nun vor Berti lag, noch eingeschlagen in Geschenkpapier. Sie guckte verlegen hinüber zum Neupfarrplatz, um nicht Zeugin von Bertis Reaktion werden zu müssen. Doch er brauchte so unerträglich lange, bis er das Papier bewältigte, dass sie irgendwann wieder den Blick auf ihn richtete.

Das Mandelherz duftete süßlich vor Bertis Schnabel, und sein Kopf färbte sich so rot wie die Weihnachtsserviette. Gurrletta hingegen wurde bleich. Schwindel überkam sie, als er, um seinen Dank auszudrücken, in ihre Augen sah. Gurrletta hätte gerne abgehoben, um einen weiten Kreis über Regensburg zu drehen und schließlich in ihr heimisches Nest zu tauchen. Aber sie musste bleiben! Man kann das Weihnachtsfest nicht einfach verlassen! Eine Flucht hätte sie überdies demaskiert und Aufmerksamkeit, ja, einen Skandal entfesselt!

Die Übrigen machten sich offenbar über den Symbolgehalt des Herzens keine tiefergehenden Gedanken – glücklicherweise. Jedenfalls reagierte niemand. Immerhin wurden ja an Weihnachten Herzen tausendfach verschenkt. Nur Agnes lächelte mit verschmitztem Gesichtsausdruck.

Gurrletta gelang es, zu ihrer unverbindlichen Höflichkeit zurückzufinden, und auch Berti schien nicht daran gelegen zu sein, die Angelegenheit zu vergrößern – zumindest nicht in Gegenwart seines Kumpels und dessen Familie. Es ergab sich schon bald eine unverfängliche Plauderei. Es ging um die Weihnachtsbräuche von Nachbarn, und Jakob beklagte, dass einige seiner Töchter und Söhne dem Fest nur noch wenig abgewinnen konnten.

Die Spannung, die mit der unbeabsichtigten Beschenkung entstanden war – Gurrletta meinte, Bertis Energiewellen deutlich zu spüren – bedrohte jedoch ihr inneres Gleichgewicht und erzeugte in unregelmäßigen Abständen Kugelblitze, die durch ihren Körper sprangen.

„Die Christmette wird die Rettung", dachte Gurrletta. Genauer gesagt, die Tatsache, dass Jakob und Agnes wussten, dass sie auch dieses Jahr rechtzeitig aufbrechen würde, um ihren Stammplatz auf einem Säulenkapitell einnehmen zu können. Jenen Platz, der eine ungehinderte Sicht auf die Domspatzen ermöglichte, über ideale akustische Eigenschaften verfügte und gewiss auch von anderen Tauben begehrt wurde.

Endlich kam der Augenblick des Aufbruchs. Sie konnte also darauf vertrauen, dass ihre Angehörigen ihre Hastigkeit in gewünschter Weise interpretierten.

Die anderen wollten ebenfalls zur Christmette, auch Berti. Gurrletta kannte den Weg durch einen Mauerspalt im Gewölbe und so eilte sie voraus. Die Gefahr, egoistisch und eigensinnig zu wirken, nahm sie in Kauf. Hauptsache, sie gewann Abstand von Berti, Hauptsache, der Stromfluss zwischen ihnen wurde so weit gedehnt, dass er abriss.

Auf ihrem Säulenkapitell machte sich Gurrletta so breit wie möglich. Das war bequem, und niemand hatte eine Chance, neben ihr einen zweiten Platz zu finden. Sie verfolgte, wie sich die Kirchenbänke füllten. Die Domspatzen stellten sich auf.

Erst nach einer Weile ließ sie ihren Blick durch das Gewölbe schweifen. In angenehmer Entfernung hatten sich Jakob und Agnes mit Berti auf einem Steingeländer niedergelassen. Fritz hockte auf dem Kopf einer Heiligenfigur.

Wider Erwarten war der Stromfluss immer noch spürbar, in der Distanz jedoch beherrschbar. Das glaubte Gurrletta.

Die Domspatzen sangen wunderschön und oft. Die Christmette dauerte lange. Sehr lange. Nachdem der Bischof den Segen erteilt hatte und „Stille Nacht" verklungen war, strömte die Gemeinde in das weihnachtlich beleuchtete Regensburg.

Gurrletta war klar, sie musste jetzt ausharren. Berti würde zum Nest von Jakob und Agnes fliegen und seine Geschenke, auch das Mandelherz, einpacken. Womöglich gäbe es noch einen Schlummertrunk und eine kleine Nascherei. Bei all dem durfte sie nicht dabei sein, denn sonst könnte es wieder losgehen mit den Kugelblitzen. Und der Stromfluss würde seine vorherige Stärke zurückerlangen. Sie starrte hinab auf den Altar, tat, als wäre sie in eine inbrünstige Andacht versunken. Ohne die Augen zu bewegen, beobachtete sie, wie die anderen aus dem Kirchenraum flogen. Wie sie vermutet hatte, startete Berti als Letzter los. Sie glaubte zu erkennen, dass er zu ihr herüberblickte.

Als sie endlich, sehr viel später, am Nest ihrer Gastgeber eintraf, waren Jakob und Agnes beim Aufräumen.

„Wo warst du denn so lange?", fragte Jakob. „Wir haben schon gedacht, du bist bei der Messe eingeschlafen."

„Nein, nein, ich habe nur über so manches nachdenken müssen."

„Von Berti hast du dich gar nicht mehr verabschieden können. Und Fritz ist auch schon weg."

„Oh, das tut mir leid. – Kann ich noch was helfen?"

Agnes schob ihr die Geschenke entgegen. „Nein, wir sind gerade fertig." Sie schien etwas gram zu sein.

„Ich nehme das Heiligenbild sofort mit", sagte Gurrletta, um die Schwägerin besser zu stimmen. „Die anderen Geschenke hole ich morgen."

„Ja, ist recht", antwortete Agnes und wandte sich ab, um Abfall vom Turm zu werfen.

Gurrletta nahm das Bild des Heiligen Petrus in den Schnabel und flog los.

Als sie auf ihren Patrizierturm zusteuerte, bemerkte sie eine Taubengestalt, die auf einem nahen Kamin hockte. Sie wirkte wachsam, keineswegs wie ein müder Nachtschwärmer, in dessen Federn zu viel Glühwein steckte und der daher hier Zwischenstation machen musste. Gurrletta landete vor ihrem Eingang. Die dunkle Gestalt flatterte auf. Es war Berti. Berti Jogel. Er setzte sich neben sie.

„Entschuldigen Sie, Frau Steinhöfl, ich will Sie nicht erschrecken."

Gurrletta schob das Heiligenbild durch die Luke ins Innere ihrer Kammer, um einen freien Schnabel zu haben, dann lächelte sie unsicher. Woher wusste er, wo sie wohnte?

Auch Berti schien nicht einschätzen zu können, ob es angebracht war, zu so später Stunde vor der Behausung einer Dame zu erscheinen. „Ich wollte mich bei Ihnen nochmals für das Mandelherz bedanken. Sie sind so lange in der Christmette geblieben, dass ich nicht mehr warten konnte, ohne gegenüber Jakob und Agnes unhöflich zu werden."

„Das tut mir leid", zwitscherte Gurrletta leise. „Ich habe nicht geahnt ... Die Honigkerze ist wunderschön. Sie liegt noch bei Jakob. Ich hole sie morgen. Vielen Dank dafür."

„Gerne. Ich wünsche Ihnen eine gute Nacht." Berti verneigte sich leicht, dann hob er ab. Sein flotter Flug führte ihn über das Alte Rathaus.

Gurrletta sah ihm nach. Als sie sich umwandte und in ihre Turmstube schlüpfen wollte, entdeckte sie Fritz auf einem Dachfirst. Er hatte sie, Gurrletta und Berti, beobachtet – der Verräter. Gurrletta mochte ihm nicht böse sein.

Fritz schoss in den Nachthimmel.

Gurrletta erblickte die Nachbarin, Frau Seibel. Sie saß auf dem Schneefanggitter unmittelbar neben ihrem Nest, wo sie gern und häufig die Nachtstimmung über Regensburg genoss. Gurrletta flog zu ihr.

„Ah, Frau Steinhöfl", gurrte sie. „Wie war es bei Ihrem Bruder?"

Gurrletta erzählte vom Weihnachtsabend. Berti erwähnte sie mit keinem Wort. Alles sei wie immer gewesen. Schön und harmonisch.

„Bei uns war es anfangs auch wie jedes Jahr", berichtete Frau Seibel. Sie hatte mit ihrem Gatten gefeiert. „Irgendwann ist es fast ein bisschen langweilig geworden. Aber dann saß plötzlich unser Sohn Clemens vor dem Nest. Wir hatten uns unglücklicherweise aus den Augen verloren. Er kam völlig zufällig hier an. Weil er in die falsche Gasse gebogen war. Das ist doch ungeheuerlich!", lachte Frau Seibel. „Zufällig haben wir uns wiedergefunden!"

Gurrletta nickte. „Jaja, manchmal möchte man zweifeln, ob Überraschungen immer Zufälle sind."

Beim Nachhauseflattern dachte Gurrletta: „Wenn ich das nächste Weihnachten noch erlebe, muss ich meine Geschenke eindeutig kennzeichnen."

Sie wollte mit diesem Vorsatz ihre Nachtruhe absichern.

Jahreswechsel

Am folgenden Tag holte Gurrletta die restlichen Weihnachtsgeschenke ab: die Marone von Jakob und das Metallstück
von Fritz; vermutlich die Feder einer Mausefalle. Und zuletzt
auch die Honigkerze von Berti. Nur Jakob hockte im Nest.
Agnes besuchte an diesem ersten Weihnachtsfeiertag eine
Tante in Dechbetten. Für Jakob waren der gestrige Abend
und der Besuch Bertis offenbar inzwischen unbedeutende
Vergangenheit geworden. Er sprach mit keinem Wort darüber. Ihn interessierte vielmehr das Wetter. Er fürchtete, der
anstehende Januar könnte unangenehm kalt und das Futterangebot dürftig werden.

Zuhause im Nest pickte Gurrletta an der Marone. Sie
war daher nicht gezwungen, ihren Patrizierturm zu verlassen, um drüben beim Bischofshof die Tischbrösel zu verspeisen. Doch der Tag drohte, eintönig und langweilig zu
werden. Sie kam schließlich auf den Gedanken, einen
längeren Nachmittagsspaziergang auf der Kaimauer der
Donau zu unternehmen. Das Betrachten des eisigen Stroms
hatte etwas Philosophisches. Das Wasser zog ruhig, aber
zielstrebig Richtung Osten, als würde es dort die Erfüllung
eines Wunsches erwarten. Einige Möwen stiegen auf und
ab. Ein Ast, der irgendwo abgebrochen war, trieb schaukelnd dahin. Drei Enten jagten knapp über der Wasserfläche
in den Westen. Sie kreischten dazu. Gurrletta fand ihr Getue
albern.

Gleich neben dem Donauweg befindet sich die Weinlände. Hier wurde früher Wein gelagert und verkauft, Wirtshaus reihte sich an Wirtshaus. Der Asphaltstreifen zur Donau ist so breit, dass er mehr wie ein Platz, denn wie eine Straße wirkt. Er ist voller parkender Autos. Die wuchtigen Bauten an der Altstadtseite stehen daher in einiger Entfernung von der Kaimauer.

„Hier irgendwo muss Berti Jogel wohnen", überlegte Gurrletta, während ihr Blick über die Dachkanten der Häuser streifte.

Als ihre Neugier sie dazu verleitete, einen Abstecher auf den Parkplatz zu machen, nahm Gurrletta die Gefahr, bemerkt zu werden, bewusst in Kauf. Sie spazierte über das gesamte Gelände, von der Einfahrt an der Keplerstraße bis zu einem Gässchen namens „Am Schallern", das so winzig ist, dass es nur die allerwenigsten Regensburger Menschen und Tauben kennen dürften. Hier kam ihr Herr Unhold entgegen, ein mürrischer alter Mann. Vor ein paar Wochen hatte er sie in der Wollwirkergasse angerempelt, ohne sich zu entschuldigen. Gurrletta hatte daraufhin beschlossen, ihm künftig aus dem Weg zu gehen. Sie hob daher ohne zu zögern ab. Anstatt den Spaziergang fortzusetzen, flog sie nach Hause.

Auf dem Kamin des Nachbarhauses saß Berti. Gurrletta war sofort klar, dass er auf sie wartete – in höflicher Entfernung und in schneidender Kälte. Womöglich hatte er sich bereits Husten oder Schnupfen geholt! Seine Ritterlichkeit beeindruckte Gurrletta, und sie wollte ihn dafür belohnen. Also landete sie unmittelbar neben ihm.

„Sie überraschen mich!", begann sie.

Bertis Schnabel war tatsächlich blau wie eine Pflaume. „Ich will Ihnen nicht lästig sein, Frau Steinhöfl, aber ich wollte Sie fragen, ob Sie mit mir den Silvesterabend verbringen würden."

Gurrletta verschlug es die Stimme.

„Meine Sportgruppe veranstaltet eine Silvesterparty, drüben in Steinweg", fuhr Berti fort. „Dort wären wir beide herzlich willkommen. Wenn Sie das nicht wollen, weiß ich auch ein paar öffentliche Feiern."

Sollte sie zusagen? Sofort? „Es wäre eine Möglichkeit vorzugeben: Ich habe schon eine andere Einladung, die ich nicht so einfach absagen kann. So würde ich Zeit zum Nachdenken gewinnen", dachte Gurrletta. Doch sie zögerte so lange mit einer Antwort, dass diese Behauptung schließlich unglaubwürdig wurde. Endlich sagte sie: „Darf ich mir das einen Tag überlegen?"

Berti stutzte.

„Wissen Sie", fügte sie verunsichert an, „als Dame in meinem Alter ist die Freiheit, sich so oder so zu entscheiden, etwas sehr Wesentliches. Und mit wem man einen so wichtigen Abend erleben möchte."

Dieser Erklärungsversuch verschlechterte Bertis Stimmung. Er verzog seinen Schnabel, der inzwischen farblos geworden war. „Entschuldigen Sie, Frau Steinhöfl, aber das ist nicht fair!", erwiderte er gekränkt. „Sie haben mir zu Weihnachten ein Mandelherz geschenkt! Sie kannten mich und Sie wussten, dass ich es bin, der an der Weihnachtsfeier Ihres Bruders teilnimmt. Sie können das also nicht unabsichtlich getan haben! Ein Mandelherz ist ein Symbol, ein deutliches Signal! Sich nun derart ..." – er suchte nach einem angemessenen Wort – „... sich nun derart hochschnäbelig zu gebärden, als käme die Frage von einem unwürdigen Gossenfedervieh, ist ...!" Berti ließ den Satz unvollendet. Er hatte mit festem und zugleich blutendem Herzen gesprochen.

„Bitte! Ich wollte Sie nicht verletzen!", schoss es aus Gurrletta.

Berti fuhr entschlossen fort: „Machen wir es so: Ich warte am Silvesterabend ab sieben Uhr eine Viertelstunde am Bruckmandl auf der Steinernen Brücke. Entweder Sie kommen – oder nicht."

Ohne Zögern gurrte sie: „Ich komme!"

Berti lächelte ein wenig. Dann richtete er sich auf und schlug mit den Flügeln. Sie waren klamm geworden. Er warf noch einen kurzen Blick auf Gurrletta, der offenbar ein Abschiedswort beinhalten sollte, und segelte davon.

Gurrletta stürzte sofort in ihre Turmkammer. Sie hatte sich unmöglich verhalten! Das war ihr plötzlich klar. Andererseits: Allmählich erst wurde ihr das Ausmaß ihrer Zusage bewusst. Sie würde den Abend nicht nur mit einem ihr nahezu unbekannten Täuberich verbringen, dieser Täuberich glaubte zudem, er habe von ihr ein Signal der Zuneigung erhalten! Und er war gewiss der Meinung, Erwartungen daran knüpfen zu dürfen. Unerträgliche Stunden standen bevor! Sie verfluchte ihre Unvorsichtigkeit und ihren lieben, dummen Bruder für das Verwechseln der Geschenke. Sie musste ihn hassen!

Nichts von ihren üblen Prognosen wurde wahr. Gurrletta erlebte an der Seite von Berti einen Abend, so leicht wie ihre feinste Feder. Die Kumpels von der Sportgruppe behandelten sie mit ungezwungener Herzlichkeit. Einige Kraftausdrücke und Zoten überhörte sie wohlwollend.

Der Ehrenvorsitzende, ein ergrauter, aber drahtiger Athlet, der den vierten Schlüpftag weit hinter sich gelassen hatte, merkte bei ihrem Namen auf: „Steinhöfl? Wir hatten mal einen Ludwig Steinhöfl in unseren Reihen. Der war bis nach Berlin und zurück geflogen und hat dem Bundespräsidenten unsere Grüße übermittelt."

„Das war mein Vater!", erklärte Gurrletta stolz.

„Ein sagenhafter Kerl!", fügte der Ehrenvorsitzende an.

Gurrletta hatte Berti darum gebeten, das Silvesterfeuerwerk vom Dach der Dreifaltigkeitskirche bewundern zu dürfen. Hier liegt Regensburg den Betrachtern zu Füßen und es präsentiert sich zugleich als historische und moderne Stadt. Berti erfüllte ihr diesen Wunsch gerne.

Beim Jahreswechsel hockten sie geduckt auf dem First. Beeindruckt beobachteten sie, wie Wunderkerzen sprühten und Raketen emporschossen und schließlich in glitzernden Bällen vergingen. Dazu knallten Böller und Sektflaschen. Die Menschen unten auf den Gehwegen tranken und sangen, fielen sich in die Arme.

„Haben Sie einen Vorsatz für das neue Jahr?", fragte nach einer Weile Berti.

„Bis jetzt noch nicht."

„Das neue Jahr ist eine gute Gelegenheit, etwas zu verändern."

„Haben Sie einen Vorsatz?"

„Ein Vorhaben. Ich war vor ein paar Monaten noch ein Meister im Salto-Fliegen. Nun möchte ich für Jungtauben einen Kurs anbieten. Das ist mir ein großes Anliegen."

Gurrletta überlegte: „Ich werde mich mit der Romanik in Regensburg befassen. Das sollte ich endlich angehen. – Man hat ja nur ein einziges Leben." Ihr Tonfall war plötzlich melancholisch geworden.

Berti antwortete: „Es ist wichtig, mit beiden Füßen im Leben zu stehen, aber das Sportfliegen ist genauso wichtig."

Gurrletta rückte an Berti, sodass sich ihre Federn berührten. „Das hast du schön gesagt, Berti." Zum ersten Mal hatte sie ihn geduzt.

Das Feuerwerk hatte inzwischen nachgelassen. Nur eine einzelne Rakete zischte empor und zauberte eine Blüte aus Silberschnee in den Nachthimmel des neuen Jahres.

Inhaltsverzeichnis

Der Kunstmaler   5

Faschingsabsturz   11

Der unverschämte Walter Sack   19

Taube oder Mensch?   25

Debatte am Ludwig-Denkmal   31

Roberto aus Verona   37

Fairer Kaffee   47

Die kleine Ausnahme   55

Der Tote unter der Pommesbude   61

Der Prophezeite   71

Gurrlettas dritter Schlüpftag   81

Die Einladung nach Verona   87

Hitzelähmung   93

Bayerisch ist trendy   101

Das Mädchen mit den Rosen   113

Die dunklen Geschäfte rund um Emil Breitschnabel   119

Das schusselige Täubchen   133

Rätselhafte Aida   139

Seltsam   151

Der Scharlatan   159

Im November auf dem Friedhof   171

Das lange Warten auf eine Schupfnudel   177

Das Mandelherz   185

Jahreswechsel   199

Über den Autor

Rolf Stemmle ist gebürtiger Regensburger. Zunächst konzentrierte sich sein Interesse auf das Theater. Er leitete viele Jahre eine Theatergruppe und begann mit Verlagen und anderen Theatern zusammenzuarbeiten. Später kam das Interesse für andere Gattungen hinzu. So entstanden bisher neben dem Lyrikband "Der Mensch im Tier", Romane und eine ganze Reihe von Kurzgeschichten sowie Erzählungen nach Werken des Musiktheaters, insbesondere von Richard Wagner und Giuseppe Verdi. Zudem komponiert er Kammermusik. Ausführliche und aktuelle Informationen gibt es unter: www.rolf-stemmle.de.